La montre

Bernard Gernoux

La montre

1/ Le temps perdu ne se rattrape jamais.
2/ Il n'est jamais trop tard pour bien faire.

J'ai choisi la deuxième.
Bonne lecture.

PAGES D'AVANT

En réalité, je ne savais pas trop comment débuter. J'hésitais entre introduction, avant-propos ou un autre titre plus ou moins sophistiqué, puis finalement j'ai opté pour celui-ci, qui me semble plus correspondre à ce qui va suivre et j'ai préféré rester simple. D'abord, c'est dans ma nature et en plus j'ignore dans quelle aventure je m'embarque.

J'ai eu un premier échec avec un ouvrage qui n'avait rien à voir avec celui que j'écris ici, mais hélas une histoire qui s'est mal terminée et je n'ai pas envie de recommencer.

La première question que je me pose : pourquoi moi ? Je n'ai rien demandé et pourtant j'ai dû subir ces événements sans pouvoir rien esquiver, sans être préparé. Et j'ai dû faire face dans des conditions difficiles, obligé de prendre des décisions sans rapport avec mes fonctions, et m'embarquer dans des situations ingérables. Mais c'était pour la bonne cause et je ne regrette rien. Pourquoi avoir attendu aussi longtemps ? Se taire est une solution, mais pour cette jeune femme qui a tant souffert sans pouvoir parler même des années après, qui a dû en silence déverser des torrents de larmes en cachette le soir dans sa chambre sans personne pour la consoler, était inconcevable.

Nous sommes en 2021, c'est-à-dire vingt ans après les faits, mais rien ne s'est effacé de ma mémoire et depuis quelques temps, on parle énormément dans les médias de ces femmes qui ont été violées ou victimes d'agressions sexuelles, voire de coups mortels. Il suffit de regarder les informations, c'est tous les jours ou presque. Ces sujets sont très délicats et relater ces faits n'a rien d'évident car en premier lieu, il y a la présomption d'innocence, et que malgré certaines certitudes je dois rester objectif et surtout avancer avec prudence et me résoudre à commenter ce que j'ai entendu par une personne de bonne foi, mais relativement fragile psychologiquement. Et si la prudence est de mise, j'ai du mal à douter de sa sincérité. Ce que j'ai pu découvrir par la suite m'a conforté, elle ne pouvait pas inventer certaines choses.

J'ai horreur de l'injustice. Ça n'est pas la peur, mais ce n'était pas facile de se lancer dans un récit sans aucune preuve. Ne rien dire devant ce qu'elle avait enduré, sans pouvoir protester, se plaindre, se défendre, est devenu presque insoutenable.

Je vais simplement raconter ce que j'ai vécu, comment j'ai pu agir et aussi vivre des moments de doute, de découragement, de remise en cause, de peser le pour et le contre sans faire d'erreur de jugement qui pourrait me conduire à des problèmes plus ou moins graves.

Je suis bien décidé, je vais aller jusqu'au bout. J'espère que mes lecteurs comprendront. Je n'en doute pas mais j'ai dû recommencer plusieurs fois en restant au plus près de la réalité mais surtout de la vérité.

Sans tout dévoiler de ma vie professionnelle je suis passé du paramédical civil et militaire pour arriver au final dans les séjours vacances pour déficients intellectuels, d'abord comme animateur puis comme directeur et ce pendant quelques années, avant de prendre ma retraite.

Chaque expérience peut être utile et tout ce que j'avais pu acquérir au cours de ma carrière allait me servir auprès de ces personnes en difficulté. J'ai bien sûr changé les prénoms, les lieux, et si au cours de ces écrits on me juge un peu moqueur, voire un peu dur, on ne m'a pas fait de cadeaux. Et sans prendre de revanche je me permets de temps en temps de charger un peu, mais il faut comprendre que, sans être rancunier, j'ai beaucoup de mal à digérer certaines choses, j'espère jamais méchamment.

Je ne voudrais pas terminer cette entrée en matière sans parler de toutes ces associations, ces éducateurs, tout le personnel médical et paramédical, les familles qui entourent tout ce petit monde sans leur rendre un hommage mérité. Je ne travaillais pas à temps complet dans ce domaine mais j'ai pu me rendre compte que le quotidien n'est pas toujours facile et je terminerai ces quelques lignes en leur souhaitant bon courage, bravo les gens !

CHAPITRE UN

Péniblement, je soulève une paupière et ensuite l'autre pour apercevoir la lumière du jour à travers le volet. La nuit a été très agitée, d'abord par le changement de lit et ensuite par les journées qui nous attendent mes collègues et moi. Je regarde ma montre et comme il est tôt je décide d'aller faire un tour sur la plage proche et aussi de prendre un peu l'air afin de me réveiller totalement.

En ce début d'avril, il fait encore frais. J'enfile un pull avant de descendre vers la grève. Nous sommes dans une villa qui appartient à notre association afin d'organiser pour l'été des séjours vacances pour personnes en situation de handicap dans de divers lieux, aussi bien en France qu'à l'étranger. En ce qui me concerne ce n'est pas le premier, mais pour beaucoup de jeunes qui ont été animateurs avant d'être responsables, il y a certainement une certaine appréhension, ce qui me paraît évident car ce n'est pas de tout repos, non seulement sur la gestion de ces trois semaines, mais aussi sur tous les problèmes qui peuvent se présenter. Et si j'en juge par mon expérience, ils sont nombreux.

Ils ont de la bonne volonté à revendre, mais depuis notre arrivée hier soir, beaucoup m'ont posé des questions et je m'efforce de les rassurer. Souvent, je laisse mon numéro de portable sachant aussi qu'ils peuvent joindre pour un éventuel conseil nos dirigeants, qui ne sont pas forcément présents lors de leur appel et souvent il s'agit d'un cas d'urgence d'où une réponse rapide.

Assis sur le sable, je contemple cette étendue d'eau infinie et je m'amuse à observer ces vaguelettes qui viennent s'échouer à mes pieds, entraînant un filet de sable en se retirant. En revanche, je n'apprécie pas vraiment cet amoncellement d'algues plus ou moins malodorantes, mais il est vrai que la saison touristique n'est pas commencée car les plages sont nettoyées régulièrement. Il me reste un petit quart d'heure avant de remonter et je me lève pour récupérer parmi les coquillages quelques morceaux de verre de couleur roulés par les flots. Une amie m'a montré comment faire des tableaux en les collant sur une planche et l'effet est assez surprenant, c'est très joli.

Je commence à avoir faim et je remonte pour prendre le petit déjeuner avec mes collègues. Les matinées étant longues, il vaut mieux se restaurer correctement.

Nous sommes convoqués en principe pour trois jours. Les différents séjours d'été vont être distribués et chacun attend sa destination. Les plus chanceux partiront à la mer, puis la montagne, et les derniers à la campagne, ce qui ne plaît pas toujours. Pour avoir fait les trois, il y a de très jolies régions avec de nombreux lacs aménagés et des sites d'animations, il suffit de s'adapter. Nous avons aussi des séjours à l'étranger et j'ai demandé pour la première fois le Canada sans trop d'illusion. J'ai la cinquantaine bien avancée et en général ceux de mon âge ont peu d'espoir. Affaire à suivre, je vais être fixé rapidement.

J'arrive bon dernier au réfectoire et une chose me surprend beaucoup. Les postulants n'ont pas l'air vraiment joyeux. Je me demande bien pourquoi et prends la parole :
« salut à tous. Étant le plus ancien lors de mon premier séjour, j'étais aussi inquiet et me posais beaucoup de questions. Je vous mets un peu en garde, vous avez à faire à des personnes plus ou moins fragiles et si vous laissez entrevoir une certaine fébrilité, ils vont vite s'en apercevoir. Alors prenez de l'assurance et tout ira bien. Ayez un air joyeux avec vos vacanciers qui eux se sentiront en sécurité. »

Mes conseils ont l'air de porter leurs fruits, je constate qu'ils se détendent et c'est très bien ainsi car le grand chef fait son apparition et nous demande de rejoindre la salle de réunion.

Nous voilà partis pour la journée, entrecoupée d'un bref repas. Le boss va donner à chacun son objectif, au moins à certains, car chaque année, le temps de faire le tour et de répondre aux questions, nous en avons pour deux trois jours. Pour certains les mines vont s'éclairer, pour d'autres, déçus par leur destination, c'est le contraire, mais c'est le jeu et il faut bien accepter les diverses contraintes en débutant par des endroits moins intéressants, en espérant petit à petit gravir les échelons.

À la fin de la première journée je ne suis pas fixé sur mon sort, mais peu importe. Je sais que la soirée va être sympa comme d'habitude, notre chef cuisinier nous préparant des dégustations de produits de la mer, en particulier des moules au curry dont il a le secret et je m'en réjouis d'avance.

Le lendemain, idem. La journée se passe sans que j'aie le moindre élément sur mon avenir à court terme et je commence à m'impatienter lorsque notre vénéré maître s'approche de moi et me glisse ces quelques mots : « je te vois demain matin dans mon bureau. »

Pour être bref, c'est vraiment court sans que cela ne m'inquiète car il n'est pas du genre à raconter sa vie, mais je me pose quand même des questions, mais surtout pas cette nuit car j'ai envie de dormir.

Le lendemain matin à l'heure précise, je frappe à la porte de l'antre de la haute direction, et après avoir entendu l'autorisation de pénétrer, je trouve mon chef souriant, d'une charmante humeur, très avenant, lorsqu'il m'invite à m'asseoir en me proposant un café. Comme ce n'est pas dans ses habitudes, j'espère qu'il ne va pas me proposer un séjour en Sibérie où un désert dans un coin de la planète et rapidement il attaque : « cette année, nous avons une opportunité d'avoir un nouvel endroit dans le sud de la France avec des capacités d'accueil exceptionnelles et il me faut un directeur capable d'assumer un tel séjour, et naturellement nous avons pensé à toi ! »

Si j'étais normal, devant un tel lyrisme, les larmes me monteraient aux yeux, mais pour l'instant tout est sec et je lui demande gentiment d'aller au bout de son explication car je commence à m'impatienter.

« En fait, il s'agit d'un lycée agricole privé situé en campagne mais proche de la côte méditerranéenne, et cet établissement étant fermé pendant les vacances d'été, le directeur cherche à le rentabiliser et il loue une partie des bâtiments, c'est pourquoi il a contacté plusieurs associations et c'est notre offre qu'il a retenue. Tu comprends qu'il nous faut quelqu'un de sérieux et tu corresponds à nos critères et si tu acceptes nous en serons ravis. »

Il me regarde, surpris que je ne lui saute pas au cou, attendant peut-être que le supplie de m'accorder ce poste. Je reste de marbre car il est bien évident que je n›ai pas assez d›éléments pour juger de cette situation. Fidèle aux bonnes habitudes, je ne donne pas de réponse immédiate et je dois m'enquérir des conditions réelles car je connais déjà cette région qui est très jolie et j'aurais préféré un autre endroit.

« À l'heure actuelle, il m'est très difficile de prendre une décision et si à la limite je pourrais être partant j'ai du mal à me faire une idée réelle de ta proposition. »

Il m'est impossible de gagner du temps car il va vouloir une réponse rapide et m'engager sans trop réfléchir, cela risque de se retourner contre moi. Je lui demande de m'accorder un moment et de répondre à des questions très précises et je reprends la conversation.

« Ok sur la destination, mais je dois savoir le nombre de vacanciers, de moniteurs que tu m'accordes, mon véhicule, les possibilités médicales, les conditions de travail et d'hébergement, et comme d'habitude mon salaire. »

Je ne lui en parle pas, mais je sais qu'il a déjà probablement signé le contrat avec la direction, et si l'aventure me tente, je pense ne guère avoir le choix. Je ne veux surtout pas pénaliser toutes ces personnes qui attendent ce moment avec impatience, d'autant plus que les séjours ne sont pas donnés. Je m'efforce de leur rendre ces moments le plus agréable possible. Je lui demande encore certaines précisions, mais il a l'air si content de ma réponse et nous discutons encore en attendant de rejoindre mes camarades et naturellement, je suis assailli et certains m'envient beaucoup de partir voir la Méditerranée, mais un jour leur tour viendra de bénéficier de privilèges, il faut être patient.

Avant le déjeuner, je me retire dans un petit coin tranquille pour faire le bilan de cet entretien, à savoir environ soixante-quinze résidents, pour seulement six moniteurs en revanche, ce qui n'est pas légal. Mais j'ai l'habitude. Pour la première fois, je dispose d'un car avec un chauffeur et une voiture pour moi. De toute évidence, on a sorti le grand jeu pour me satisfaire et je ne suis pas mécontent.

Je rejoins tout le groupe pour le dernier repas commun car cet après-midi chacun va rejoindre ses pénates rempli d'espoir, mais aussi d'inquiétude, c'est ainsi. J'ai toujours connu ce genre d'appréhension car le boulot n'est pas aussi évident et il faut une bonne dose d'optimisme. Sans être défaitiste, ce n'est pas du superflu.

Après de longues embrassades qui n'en finissent pas, se promettant de se revoir l'année prochaine, je me sens légèrement attendri car pour la plupart j'aurais l'âge d'être leur père. Durant le trajet en TGV, j'évoque avec ceux qui rentrent par le même moyen de locomotion des souvenirs de séjours, en racontant bien sûr les meilleurs et ils m'écoutent avec beaucoup d'attention car au passage, je donne aussi quelques conseils qui leur seront utiles. Puis c'est l'arrêt du convoi en gare. Encore une bise par-ci par-là et je suis déjà en route pour ma future aventure, sachant que maintenant, il va falloir trouver des équipiers et ça ne sera pas le plus simple. Chaque chose en son temps, il n'y a pas d'urgence.

Le retour de ce déplacement ressemble aux autres et c'est pourquoi ma compagne prépare la machine à laver sachant que je suis un grand consommateur de linge. J'appelle aussi mes trois enfants qui vivent dans des coins séparés et fais un bisou à mon petit-fils par téléphone interposé.

La préparation du séjour n'est pas aussi simple qu'on pourrait le croire, et au-delà du recrutement de mon personnel, j'achète toujours une carte de la région et me renseigne auprès des syndicats d'initiative des visites possibles aux alentours et des festivités prévues, ce qui une fois sur place nous fait gagner beaucoup de temps. Il faut également songer aux jours de pluie, bien que dans le sud en principe ils sont plus rares. Mais gouverner c'est prévoir.

Je prépare aussi ma trousse pharmaceutique ce qui m'évite souvent d'aller chez le médecin ou l'infirmière dans les cas bénins. Etre organisé est ma devise. Je n'aime pas être pris au dépourvu. Finalement, rien ne remplace l'expérience.

Le recrutement du personnel est une autre histoire et après

avoir essayé plusieurs méthodes, la plus efficace a été celle de l'Agence Nationale Pour l'Emploi. De nombreux étudiants s'y étaient inscrits pour la saison et mon souci était de trouver des jeunes soit dans le domaine sanitaire, soit dans l'animation. On ne peut pas improviser avec un public fragile. Les premières fois j'avais tenté les journaux gratuits et là, soit je tombais sur des candidats peu sérieux et qui demandaient un salaire confortable, soit ils partaient en courant lorsque j'annonçais le job proposé. En général, j'accordais beaucoup d'importance au CV mais également à la lettre de motivation. Peut-être par déformation, ma maman ayant été institutrice, je n'étais pas mauvais en orthographe car des dictées j'en ai eues, mais lorsque je découvrais des missives écrites par des gens instruits avec deux ou trois fautes par ligne je n'étais pas très tendre et beaucoup n'ont pas eu le poste à cause de ça. Je pense quelque part avoir été un peu trop exigeant, mais à mon âge on ne se refait pas. Il est possible d'en faire encore quelques-unes, heureusement mon ordinateur est là pour me corriger, merci mon vieux, car il est comme moi il commence à avoir des heures de vol mais rend quand même de grands services.

J'avais pris un rendez-vous à l'ANPE locale et bien souvent avoir vu beaucoup plus de filles que de garçons mais qu'importe j'allais contacter et rencontrer chacun, individuellement et en groupe. J'avais fixé un rendez-vous dans la ville voisine un jour précis. Mon choix allait être très rapide car en fait ils étaient six. Cinq filles, dont une étudiante en médecine, et un garçon, qui ne pensait pas être retenu car il était d›origine maghrébine. Ma surprise fut très grande car il était né en France et je le rassurai très vite car j'étais né en Tunisie, avoir vécu en Algérie après l'indépendance, et sa future collègue avait le même profil et que je n'accordais aucune importance à leur origine mais seulement au plus significatif, la compétence, la motivation et la bonne humeur.

À priori, toute l'équipe était partante et j'ai dû bien sûr donner beaucoup de détails ce qui est normal. Il ne fallait surtout pas compter les heures de travail, le salaire n'étant pas mirobolant, mais logés, nourris, voyage payé, ils ne pouvaient pas demander l'impossible et tout le monde était d'accord.

J'allais pouvoir dormir ce soir et les jours restants sur mes deux oreilles, tout était fin prêt pour le défi annoncé et dans un mois, en route pour le sud ! Elle est pas belle la vie ?

CHAPITRE DEUX

Je me suis reposé avant le départ car je sais que les nuits vont être très courtes pendant trois semaines. Autant partir en possession de tous ses moyens si on ne veut pas de mauvaises surprises. Le sac est prêt à quitter cette petite ville du Maine-et-Loire où je vis. Le jour J, je prends le car pour la gare d'Angers retrouver trois ou quatre moniteurs. Une partie de mon équipe est à Paris récupérer les vacanciers du nord, quant à nous, c'est direction Lyon par le train, TER pour Saint-Etienne et retrouver notre car au Puy, rouler sur Avignon et enfin la grande bleue comme je l'appelle souvent.

Ces circuits sont assez harassants car on ne dort pas beaucoup et le régime casse-croûte sur trois ou quatre repas, est-ce que mes jeunes vont supporter ? J'arrive à la gare juste au moment où un orage éclate et j'évite la douche de peu. Les trombes d'eau qui s'abattent sur le toit font un bruit d'enfer si bien que l'on entend plus les hauts parleurs. J'espère que ça ne va pas être préjudiciable pour l'arrivée de notre train. Notre direction a retenu des couchettes mais le problème est qu'il s'arrête dans beaucoup de gares et notre destination finale devrait être, selon les horaires, vers sept heures demain matin.

Trois monitrices de mon groupe me rejoignent et nous apprenons que notre train aura du retard, comme je l'avais prédit. Les nombreux éclairs illuminant encore un ciel bien noir, nous attendons dans la salle d'attente déjà bien encombrée, mais trouvons quand même quelques sièges pour nous asseoir. Pour passer le temps, je raconte une péripétie qui m'est arrivée l'an dernier alors que j'étais avec un groupe qui revenait et que je devais conduire en Bretagne.

J'avais récupéré neuf personnes à la gare de Lyon afin de rejoindre Montparnasse et prendre le TGV, toujours par le bus qui est direct, car par le métro, je ne te dis pas l'angoisse. Je rencontrais ce petit monde pour la première fois mais à priori, tous m'avaient accepté, moi pensant que ma tâche serait plus facile.

Nous arrivons dans le wagon prévu et chacun s'installe tranquillement à sa place. Je recompte pour être sûr et il reste environ une bonne minute avant le départ. Lorsqu'un membre du groupe s'aperçoit qu'il a laissé sa valise sur le quai alors que je venais de poser la question de savoir si tous les bagages avaient été récupérés. Tout en hurlant que personne ne bouge, je me précipite sur le précieux objet, le saisis et remonte avant que la porte ne se ferme. J'éprouve une grande frayeur, car je constate que l'étourdi est redescendu de l'autre côté et qu'il me regarde à travers la vitre complètement paniqué, mais pas autant que moi, car je dois prendre une décision en quelques secondes et je pense qu'à ma place beaucoup en auraient fait autant : se ruer vers le signal d'alarme, fermer les yeux, tirer fermement. Le convoi, qui venait juste de démarrer, s'arrête brusquement. Je sens mon cœur battre rapidement et je respire un grand coup car j'ai le sentiment que ça va être ma fête quand je vois le chef de gare s'activer sur la portière afin de l'ouvrir. Il ne devait pas être loin pour arriver si vite et me regarde fixement avec un air pas vraiment commode :

- savez-vous qui a actionné le signal, c'est très grave !

- Désolé Monsieur je n'avais pas le choix, j'encadre un groupe et un vacancier a oublié sa valise et le temps que je la récupère il était sorti de l'autre côté.

Il part dans une grande tirade comme quoi tous les trains vont être décalés. À mon avis, ce n'est pas en discutant qu'on va rattraper le temps perdu et finalement il referme la portière et lève son drapeau. Le lourd convoi démarre. Ouf, je l'ai échappé belle mais je préviens mes vacanciers au prochain arrêt, personne ne bouge.

En fait, mon récit n'intéresse pas grand monde et l'annonce de notre train sort les trois jeunes filles un peu de leur torpeur.

Une fois installés dans notre compartiment où nous occupons les quatre couchettes, la nuit a été assez difficile. Le wagon bouge sans arrêt et beaucoup de personnes passent dans le couloir, et au petit matin, nous arrivons enfin à Lyon. Je me renseigne sur notre prochain TER et comme nous avons une bonne heure, je propose une restauration au buffet, accueillie avec enthousiasme. Après un autre changement, nous arrivons à notre destination finale, repérant le car qui allait prendre la suite de notre périple. Une jeune femme est au volant et lorsque je lui souris, elle comprend que je suis le locataire de son véhicule. Je vois aussi qu'elle n'a pas une mine réjouie et je m'en inquiète. Elle m'explique que l'on doit prendre un groupe à Avignon dans l'après-midi, mais aussi attendre une vacancière qui aurait manqué un changement. Et elle n'arrivera que dans la soirée, d'où une attente de quelques heures. En principe, par l'autoroute, nous serons rendus rapidement. Visiblement, elle n'a pas l'habitude de convoyer des associations comme la nôtre car nous, les contretemps, on connaît. Mais je ne suis pas très content car tout va décaler notre programme et l'arrivée finale se fera dans la nuit, ce qui n'arrange pas mes affaires. Il faudra bien prévoir à manger ce soir, bonjour l'ambiance !

Je commence à râler car la fatigue aidant, je me pose beaucoup de questions mais je n'ai pas d'autre choix que d'attendre quelques heures. Personnellement, je ne pense pas à moi mais à notre conductrice. Et je suis bien obligé de la mettre au courant, mais à priori, cela n'a pas l'air de la déranger beaucoup. Elle me répond qu'elle est habituée et que rouler de nuit ne lui pose pas de problème. C'est déjà un point positif et je dois prévenir l'établissement qu'on nous laisse les clés dans un endroit où je puisse les trouver facilement.

Après toutes ces péripéties nous allons enfin prendre la route pour gagner cette ville que tout le monde connaît par son célèbre pont. Je suis assis à l'avant et je règle mon rétro de manière à surveiller mon groupe et je constate que tout est calme, pourvu que ça dure !

Nous entamons une conversation mais je ne veux pas trop gêner ma chauffeuse et elle m›avoue qu›elle aime bien discuter car la route lui semble moins longue. Au fur et à mesure, j'apprends qu'elle arrive du centre de notre pays mais le plus surprenant, elle me dit sa date de naissance et nous sommes nés le même jour mais pas la même année bien sûr. Nous fêterons cette journée pendant notre séjour elle a l'air ravie. Ça laisse augurer une bonne fiesta.

La fin de la soirée arrive et nous sommes encore à quelques kilomètres de la ville lorsque je commence à entendre quelques réclamations, ce qui ne me surprend guère car ils sont habitués à dîner de bonne heure. Comme il est dix-neuf heures, les estomacs réclament. La chance va me sourire car j'aperçois une grande surface et en nous approchant, elle ne ferme pas avant vingt heures. Le car se gare et me je précipite vers l'accueil où j'explique mon cas et la charmante dame appelle son directeur qui met de suite à notre disposition deux personnes et les caddies vont vite être remplis car ils connaissent mieux que moi le magasin. En l'espace de vingt minutes, tout est réglé. Pain, beurre, charcuterie, fromage, fruits, gâteaux et le chèque que je laisse me fait dire que je commence mal mon séjour. Bon, c'est comme ça. L'essentiel est que tout le monde puisse se restaurer. Comme nous avons encore du temps, nous mettons le véhicule au bout du parking car maintenant il va falloir préparer les casse-croûtes et ce ne sera pas facile avec le nombre de personnes. Mais chacun son tour, c'est normal.

Après avoir rassasié tout le groupe, nous reprenons la direction du centre-ville et j'admire la dextérité de la jeune femme, car conduire un tel engin dans les rues encombrées, d'autant plus que nous sommes dans un centre très touristique, c'est du beau boulot. Nous arrivons devant la gare et naturellement pas une place pour nous. Nous sommes dans les arrivées et départs d'un grand week-end et ça ne va être de tour repos. Aussi, je décide de stationner devant cet important édifice et là, les ennuis vont commencer. Je descends du car pour voir arriver deux CRS qui n'ont pas l'air des plus commodes, mais comme j'arrive un peu au bout du rouleau, je n'ai pas vraiment l'intention de me laisser faire.

« Bonsoir Monsieur, vous n'avez pas l'impression de vous garer dans un endroit interdit, seuls les taxis sont autorisés et véhicules de service surtout pas ceux comme le vôtre ! »

En réalité je le savais bien et comme l'heure d'arrivée du

train était proche, je n'avais surtout pas envie d'être garé très loin et encore moins l'intention de discuter. Il est vrai que j'étais proche de l'overdose. Étant sur le pont depuis vingt-quatre heures, je prends sur moi pour rester calme et leur fais savoir notre situation, à savoir reprendre la route pour au moins deux cents kilomètres en fin de soirée. Ils me regardent sans dire un mot, font le tour du véhicule et à ma grande surprise, m'autorisent à rester là pour l'instant. Ouf, nous avons échappé à la sanction et mes vacanciers, eux, ne se sont aperçus de rien et continuent de s'occuper comme si de rien n'était. Je n'ai pas envie d'avoir des soucis avec les deux hommes.

Le convoi vient d'arriver et s'arrête dans un bruit d'enfer et je repère rapidement la jeune femme qui a l'air perdu. Je m'approche, et à mon sourire, elle comprend qu'elle est maintenant en sécurité. J'apprends qu'elle se prénomme Juliette, qu'elle a vingt-cinq ans et qu'elle avait très peur de voyager seule. Ayant manqué une correspondance, elle n'avait plus personne mais heureusement elle est à bon port.

Nous rejoignons le car et je suis à peine installé que mon portable sonne et je pense que ce n'est pas le moment de nous déranger. C'est une de mes monitrices qui appelle pour me prévenir qu'un des vacanciers fait une nouvelle crise d'épilepsie et qu'un médecin présent dans le train a conseillé dès l'arrivée de prévenir les pompiers et de faire hospitaliser le jeune homme, car pour lui c'était plus prudent. Nous sommes environ à une heure de route et je décide d'appeler le SAMU. Ils prennent note de ma demande, me promettant qu'il y aura une ambulance et un médecin. Je suis rassuré mais aussi contrarié car tout cela va encore nous retarder. Mais la sécurité d'abord, et en cette journée, la poisse nous suit et nous sommes bien obligés de faire avec, mais il y a des jours sans, en particulier aujourd'hui. Le jeune va être pris en charge, c'est le plus important vis à vis de son institut et de sa famille. Nous les préviendrons demain car ce n'est pas la première fois. Je suppose qu'il y a un suivi régulier.

En arrivant sur le quai, je repère de suite un attroupement autour de trois personnes en blouse blanche et hélas, n'ayant pas son dossier médical pour l'instant, je ne sais pas grand-chose et bien incapable de donner des renseignements. Mais ils me rassurent. Le chef de quai leur a précisé le numéro du compartiment donc pas besoin de chercher et dès que le train arrive, je vais avec eux, m'approche de mon malade, me présente, lui parle doucement et le pauvre se met à pleurer à chaudes larmes. J'essaie de lui faire comprendre que nous n'avons pas le choix et je lui fais la promesse de venir le plus vite possible, lui laisse mon numéro de portable et installé sur son brancard, je le regarde partir avec beaucoup d'émotion car les vacances commencent mal, surtout pour lui. Je ressors pour regagner mon groupe et je remarque qu'une jeune fille est à la portière en train de discuter. Comme je suis assez loin, j'aimerais bien savoir ce qu'elle veut, assise par terre à l'écart avec un tas de valises. Des personnes attendent sur le trottoir et je sens le problème arriver à grands pas. Je m'approche et reconnais une jeune femme qui était avec moi à la préparation des séjours :

- salut, que t'arrive-t-il ?

- Normalement j'avais un car prévu devant la gare et il n'y a personne, j'ai essayé d'appeler la direction mais aucune réponse et je ne sais pas comment je vais faire car il y a une trentaine de kilomètres jusqu'à notre lieu d'hébergement.

Visiblement elle est paniquée, mais moi je commence à me demander si nous ne sommes pas maudits par tous les dieux de l'univers car il n'y a qu'une solution, mais je dois questionner d'abord ma chauffeuse si cela est possible. Elle me regarde, incrédule, se demandant si la fatigue et les émotions accumulées ne nuisent pas à mes facultés mentales. Je la rassure mais je n'ai pas d'autres solutions que de débarquer tout mon petit monde et conduire le groupe en perdition à sa destination finale. Ma collègue directrice me tombe presque dans les bras. Elle est soulagée par ma décision mais moi, je pense aussi aux vacanciers qui ont certainement une grande envie de dormir. En peu temps, mon groupe descend du car et l'autre monte. Je ne me sentais pas le droit de les laisser en plan. Qui a dit que l'entraide n'existait pas ?

Je pars avec eux, et en à peine une heure, le tour est fait. En arrivant, mes loulous sont éparpillés sur la place je dois remettre un peu d'ordre car il est cinq heures du matin, et chose surprenante, ils ont repris du poil de la bête et j'ai bien du mal à les calmer. Le jour commençant à poindre, est-ce qu'à l'arrivée on va pouvoir les mettre au lit ? Car pour mon personnel et moi-même les heures de repos vont être réduites à leur plus simple expression. Je suis inquiet, j'ai peur de trouver porte close surtout à cette heure-là, sachant qu'il faudra vider le car, trouver les chambres, faire les lits, donner les médicaments si nécessaire. Et je me doute bien que certains vont vouloir prendre le petit-déjeuner et j'ignore totalement s'il y aura un cuisinier.

Après avoir cherché un bon moment dans la campagne, nous trouvons enfin la trace de ce lycée et comme il y a une grande place devant les bâtiments, le bus stationne. À peine le moteur arrêté, tout le monde est debout prêt à se précipiter vers la sortie. Heureusement, le véhicule possède deux portes, et en un clin d'œil, tous sont dehors.

Je m'avance vers l'entrée, la porte est ouverte, nous entrons. Je trouve un mot sur la table du hall me disant que les chambres sont au premier étage, et la mienne au deuxième. Aurais-je le temps d'y passer seulement une heure ce matin ? J'ai un sérieux doute. Pourtant, je suis épuisé, mais peu de mes pensionnaires sont enclins à faire un petit somme. Il est plus de sept heures du matin et mes moniteurs n'ont pas trop envie de se coucher. Ils sont montés aider les quelques candidats au repos puis partis s'installer sur la terrasse et je les rejoins. Le panorama est magnifique. Il y a des champs d'arbres fruitiers à perte de vue dans le soleil levant et au fond, la montagne, sur laquelle quelques nuages sont accrochés. Je reste rêveur devant cette beauté mais je n'aurais pas dû accepter la cigarette offerte, moi qui avais renoncé depuis des années, j'allais retomber dans le piège. Mais fatigué, dans un état second, impossible de discuter avec mes moniteurs de l'emploi du temps de cette journée. J'espère qu'après une bonne douche et un bon café j'allais repartir. De toute façon, je n'avais guère le choix, le cuisinier venait d'arriver et je devais le rencontrer pour superviser les menus de la journée. Emploi du temps chargé, je me reposerai plus tard si c'est possible !

CHAPITRE TROIS

Je me demande comment j'arrive à être debout, il faut croire que ma vieille carcasse résiste encore. Je ne me souviens pas au cours de mes précédents séjours avoir accumulé autant de fatigue. La journée ne fait que commencer et je n'ai pas d'autre choix que de tenir. Beau programme pour un dimanche qui, en général, nous permet de souffler un peu. Demain sera un autre jour. Résigné, je rejoins la cuisine. Le chef, dans sa belle tenue blanche, est prêt et d'emblée m'offre un café, ce qui risque de devenir ma boisson favorite aujourd'hui. Tout en buvant mon breuvage à petites gorgées je regarde autour de moi. Rien à dire, tout est nickel, la pièce est rangée et propre, donc ça me plaît.

Je me présente, lui aussi. Nous parlons de l'association, de nos projets pendant le séjour, lorsque mon regard accroche un petit tableau et là, j'ai failli m'étrangler en lisant le menu du midi : en entrée, friand à la viande, suivi d'une choucroute garnie et un gâteau à la crème pour digérer. C'est absolument dément mais il y peut-être une raison, soit il a passé ses vacances en Alsace, soit il ignore la région dont les champs qui s'étendent à perte de vue regorgent de légumes et d'arbres fruitiers. Je ne veux pas le brusquer mais on ne peut pas continuer ainsi. Je dois le remettre sur le bon chemin mais ça ne va pas être facile et je vais mesurer mes paroles pour ne pas le vexer.

« Bien, il faut que je précise que beaucoup de mes vacanciers sont en surpoids. En raison de leur traitement, ils ont un régime relativement sévère, et en général, il y a une diététicienne attachée à l'établissement. Mais ici, je n'ai pas les moyens et je dois gérer la composition des repas avec beaucoup de rigueur. Je compte sur vous pour me seconder dans cette tâche. »

Je me rends compte qu'il suit mes propos avec énormément d'attention, mais qu'il a aussi des choses très importantes à me dire.

« En fait, je ne suis qu'un simple exécutant. Le directeur du lycée travaille à longueur d'année avec une société de restauration collective, il a continué pour les vacances. Je n'ai aucun pouvoir de décision sinon que de réchauffer et servir. »

Je n'apprécie pas vraiment cette situation et je lui demande de me prendre le plus rapidement possible un rendez-vous avec un responsable de cette société, afin de mettre les menus au point. À priori, le chef est d'accord avec moi et je lui propose de me tutoyer, ce qu'il accepte bien volontiers. Finalement, je vais bien m'entendre avec lui. Nous échangeons encore quelques instants, mais je vois bien qu'il a encore des choses à me dire et moi, direct comme d'habitude, je préfère tout mettre sur la table.

« Hier matin la porte du directeur était grande ouverte et j'ai entendu certains échanges qui concernent ton association. Au ton employé, j'ai très vite compris qu'il y avait un problème sérieux au sujet du règlement et que si le reliquat n'était pas parvenu dans les deux prochains jours, le séjour serait terminé pour tout le monde. »

Je dois prendre tout cela au sérieux. Soit je rentre chez moi car je commence à être excédé par cette politique qui consiste à utiliser ce genre d'arguments, soit je vais discuter avec le chef d'établissement et ma direction et on trouve un accord rapidement. Depuis mon départ je me paie des tas de problèmes et celui-ci vient en trop. Je suis fermement décidé à le régler rapidement. J'ai la certitude que mon cuisinier en sait beaucoup plus, mais je préfère attendre demain matin. J'aurai les idées beaucoup plus claires et serai disposé à affronter mon chef.

Comme prévu, dès neuf heures, j'arrive dans le bureau du boss et l'accueil n'est pas très encourageant. J'attends un petit moment qu'il me propose un siège. Il a le nez plongé dans ses dossiers et daigne à peine lever la tête. Je ne m'en offusque pas et enfin il se décide.

« Mon cher monsieur j'ai négocié avec votre association un contrat de location d'une partie des bâtiments pour trois semaines. Mais à ce jour, les conditions n'étant pas respectées, si je n'ai pas dans la journée la certitude de recevoir mon dû, je considère qu'il y aura rupture de votre engagement avec toutes les conséquences que cela comporte. Je garde le premier versement et ensuite, je suis désolé, mais le grand départ sera pour tout le monde. »

Il a l'air content de lui et me regarde d'un air satisfait, espérant me voir trembler des pieds à la tête. Un, j'en ai vu d'autres, et deux, j'ai aussi mes arguments. En réalité, je sais que je ne suis pas en position de force et je vais louvoyer un peu car je vais lui ressortir des éléments qu'il a peut-être oubliés.

« Je comprends votre colère mais il y a plusieurs choses : la première, si nous partons, vous n'aurez pas le temps de trouver une autre association, et la deuxième, j'ai appris que vous aviez demandé l'embauche pour trois semaines de vos deux filles et d'un neveu pour assurer le service. Moralité, on peut discuter. Ni vous ni moi avons intérêt à faire capoter le projet ! »

Il me regarde fixement, sans dire un mot. Visiblement il est touché.

« Je dois préciser que je n'ai rien contre vous mais contre votre direction, et si nous pouvons régler cette affaire tous les deux, je suis preneur. Nous pouvons nous entendre. »

Je lui promets de régulariser ce litige très rapidement, et dès que je vais quitter ce lieu, j'appelle l'association et je pense que ça va barder. L'orage gronde, la tempête ne va pas tarder.

Le soir même, tout est réglé avec la comptable. J'en parle à notre réunion et mon personnel est abasourdi car certains ont peur de ne pas percevoir leur salaire. Mais je rassure tout le monde. Avec la boîte, je n'ai jamais eu de difficultés. Je leur parle des deux filles et du neveu qui vont travailler pour nous, et à priori, ils ne sont pas contre. De toute façon, il était trop tard. La suite a été consacrée aux activités du lendemain et chacun a rejoint sa chambre pour un repos bien mérité. Ils en ont grand besoin.

Le lendemain matin, je file à l'office de tourisme le plus

proche pour repérer des sorties, tandis que mon personnel conduit un groupe au village voisin. À mon avis, il va y avoir de l'animation dans le bourg. C'est normal, ils ont besoin de se défouler et je pense que les commerçants du coin vont faire de bonnes affaires. Mais les réserves financières vont vite fondre au soleil et pour beaucoup, dans peu de temps, les bourses seront vides. Je ne peux rien y faire, c'est dommage. L'avantage de ce lieu est que nous avons aussi un terrain de sports et surtout un terrain où les garçons voudront jouer au foot. Pour le reste, musique et jeux de société car hélas, certains refusent les activités extérieures, mais j'ai bon espoir avec le beau temps.

En rentrant, je remonte dans ma chambre qui me sert aussi de bureau car avec tous les éléments que j'ai ramenés, je vais préparer la semaine. Mais aussi le programme de la journée : compléter les piluliers et revoir tous les menus, car à mon retour, j'ai appris que le responsable de la restauration sera là demain matin.

Au repas de midi, un peu plus léger, j'annonce quelques sorties, accueillies avec beaucoup d'enthousiasme car à la fin de la semaine, j'organise une balade toute la journée, plus vers la montagne et aussi quelques heures à la plage. L'excitation est à son comble et l'arrivée des plats calme tout le monde, car à part quelques-uns, ils ont bon appétit.

Après une bonne sieste, mon équipe prend les activités en cours et je vais en profiter pour me reposer un peu, faire mon rapport et mettre ma comptabilité en ordre, car je sais qu'à mon retour il faudra expédier le tout et je préfère être à jour. Ce sera plus facile.

Le soir, repas, couchage et passer par toutes les chambres. C'est un rituel très apprécié. Et après la traditionnelle réunion, repos pour tout le monde. La saturation est proche !

Le lendemain matin, à l'heure du petit déjeuner, je suis là pour accueillir mes premiers arrivants et certains me regardent bizarrement. Je me demande bien pourquoi. Je remarque qu'il s'agit des plus jeunes et rapidement, je réalise que tout simplement ils veulent me faire la bise. Verbalement, je donne l'autorisation bien que j'ignore si c'est normal, mais mon âge avancé étant là, l'autorisation est accordée. Sincèrement, je pense que dans leur institut ce n'est pas le cas et il faut savoir lâcher un peu de lest en trouvant un juste milieu et ce n'est pas toujours facile.

Il était dit que cette journée allait-être mouvementée. Après une douche rapide, je redescends car je n'ai pas oublié mon rendez-vous pour l'organisation des repas. Une monitrice demande à me voir et nous allons nous asseoir dans un coin tranquille car, à priori, c'est important.

« La jeune femme que nous avons dû attendre l'autre soir à la gare refuse obstinément de se lever, de répondre à mes questions et encore moins de descendre au petit-déj. J'aimerais bien que tu montes la voir, ce n'est pas normal. »

La journée commence mal. Je dois voir pour les repas avec le responsable, probablement chercher mon malade à l'hôpital et je n'ai guère le choix monter pour cette jeune femme. Je décide de le faire de suite. J'arrive dans sa chambre, elle est recroquevillée sur son lit, complètement absente et je me rends compte qu'elle ne joue pas la comédie. Mon expérience me fait dire qu'elle est dans une profonde détresse. J'essaie de lui poser quelques questions, sans aucune réponse, et je n'insiste pas. Maintenant, je n'ai guère le choix, je dois appeler son centre et s'il n'y a pas de solution, elle va devoir repartir et pour elle ce n'est pas souhaitable. Quand une idée me vient. Je demande à sa monitrice de la laisser faire pour aujourd'hui et je vais prendre un rendez-vous chez le médecin local, il aura peut-être plus de chance d'obtenir quelques confidences. Toujours assis sur le bord de son lit, je me lève doucement et il me semble entendre « merci ». Quel bonheur, je ne suis pas venu pour rien.

Il était écrit que le galère allait continuer, mais au point où nous en sommes je ne suis plus à ça près. Pour commencer, un appel du centre hospitalier me confirme que je peux venir chercher mon patient en début d'après-midi. J'enverrais bien quelqu'un à ma place, je ne vais pas utiliser le bus, mais ma voiture étant louée, je n'ai pas le droit à un autre chauffeur. Ce n'est pas prévu dans le contrat, alors mon vieux, pas le choix, tu y vas !

Au moment du déjeuner, alors que tout le monde est à table, je m'aperçois qu'il me manque une monitrice et je demande à ses collègues s'ils sont au courant de son absence. Sa camarade de chambre m'avoue qu'elle est restée au lit sans donner de raisons. Je ne m'attendais pas à une telle réponse, mais je n'imagine pas une épidémie car tout cela devient inquiétant. J'ai une faim de loup, mais tant pis, je monte voir en espérant qu'il n'y ait pas un gros problème.

Je frappe à sa porte doucement et effectivement, elle est enfouie sous les draps, laissant à peine entrevoir sa chevelure. Par la chaleur qu'il y a dans cette pièce je trouve tout cela bizarre.

« Salut, que se passe-t-il ? Si tu as des soucis tu peux m'en parler ! »

Pour toute réponse j'ai un torrent de larmes et je suis passablement désarçonné. J'étais loin de penser que cette demoiselle allait s'écrouler de la sorte et je devais m'efforcer de régler ce passage difficile rapidement. Maintenant, il ne faudrait pas que tout cela dégénère car mon séjour va devenir ingérable et ce n'est pas le but recherché. Essayons d'être diplomate !

Dans un premier temps je vais attendre qu'elle se calme un peu car elle est parfaitement inaudible. J'aimerais bien tirer cette affaire au clair. Comment a-t-elle pu se mettre dans un état aussi lamentable ? Et le mot n'est pas trop fort, tant elle me paraît à la dérive. Je suis quand même très intrigué car au moment de son recrutement, elle avait l'air serein, bien dans sa peau, pour ne pas dire enjouée, ravie de ses futures fonctions. Pour moi, un mystère à éclaircir rapidement. L'heure tourne car j'aimerais bien me restaurer un peu avant de partir, mais la jeune femme tarde pour reprendre ses esprits et ça ne m'arrange pas vraiment. Alors que rien ne le présageait, elle part dans un flot de paroles désordonné et pour l'arrêter je hausse le ton car je ne vais pas passer des heures à son chevet. Je lui demande gentiment de s'expliquer. Au bout de quelques instants, elle articule quelques mots et je suis sidéré par ses propos. Je ne m'attendais pas à de telles révélations.

« Je souffre d'anorexie mentale depuis mon adolescence et j'ai des périodes où je ne peux plus rien avaler et précisément actuellement. De voir manger tout le monde, je ne supporte pas, je suis incapable de tenir debout. »

Je suis hors de moi car je me souviens avoir consulté son dossier médical et rien ne laissait supposer qu'elle souffrait de cette pathologie, mais au point où nous en sommes, autant aller jusqu'au bout. Je la laisse parler.

« En fait, j'ai des gros problèmes avec mes parents et j'ai dû quitter la maison. Actuellement, je suis chez ma tante qui vit seule et m'aide aussi financièrement car je n'ai pas de travail fixe. C'est pour ça que j'ai postulé dans cette association. Pour moi, c'était une opportunité à saisir car j'aimerais continuer dans ce domaine. »

Je réfléchis rapidement et un cruel dilemme se pose à moi. Dans l'état où elle est et le boulot qu'on lui demande, c'est mission impossible. Je lui pose encore quelques questions et je cerne mieux cette vie hachée. Bien sûr, je ne vais pas l'accabler encore plus, bien au contraire. Il faut la sortir de ce pas, mais comment ? Je n'ai pas de remède miracle mais une idée me vient. Je lui demande le téléphone de sa tante afin de me faire une idée précise pour la suite. Je ne peux pas la laisser dans cet état.

Je sors doucement de sa chambre, songeur et inquiet. Un il s'agit de sa santé, deux, comment continuer le séjour avec si peu de personnel ? La première chose que je vais faire c'est appeler une amie, car je sais que sa fille souffre de cette maladie. Elle va me donner quelques conseils précieux car je me sens vraiment désarmé. Elle me rassure. Ce n'est pas forcément grave, mais cela nécessite un bon suivi médical et surtout psychologique, en général très long. Après avoir raccroché, j'appelle tout de suite sa tante et lorsque je lui annonce la nouvelle, elle semble très étonnée. Elle n'avait jamais soupçonné son mal-être, ce qui me semble curieux mais bon, je fais avec. Je lui signale aussi son problème financier. Si elle a aidé sa nièce, c'est toujours pour des petites sommes.

Après quelques questions, elle me confirme quand même les difficultés à lui faire avaler des quantités normales de nourriture. À la fin de l'entretien, je lui fais part de mon désir de faire rentrer la jeune femme, de la mettre au repos et de consulter son médecin, car elle ne peut pas rester dans cet état. Mon interlocutrice, d'emblée, accepte ma décision.

L'heure tourne. Et après un bref passage à la cuisine je pars chercher mon protégé car là aussi, il va falloir montrer beaucoup de souplesse, ne pas le brusquer. Je n'ai pas envie qu'il fasse d'autres crises.

Il y a une soixantaine de kilomètres et le fait de conduire tout en restant attentif va me faire le plus grand bien. En revenant, si ce n'est pas fermé, je passerai par l'ANPE locale. On ne sait jamais, je vais peut-être trouver la perle rare. Mais avec la chance que j'ai en ce moment, ce n'est pas gagné. On peut toujours y croire !

Lorsque j'arrive dans la chambre, c'est une explosion de joie. Le pauvre me tombe dans les bras. Il lui reste encore quelques bonnes journées de soleil afin de se remettre de ses émotions. Je rencontre l'interne qui me confirme le diagnostic et me demande de bien lui administrer son traitement. Pour moi, ça marche.

Sur le chemin du retour, je m'arrête à l'organisme de recrutement mais que nenni, rien pour mon offre et ce soir à la réunion nous allons prendre des décisions, mais lesquelles ? Pour l'instant je n'ai pas de réponse.

Nous arrivons en même temps que le bus. Il me semble que l'humeur est joyeuse, tout le monde semblant avoir apprécié cette sortie à la plage. Quand ils aperçoivent leur camarade, les cris redoublent. Ils sont fous de joie et ces petits moments, nous les encadrants, nous réchauffent le cœur. Nous ne sommes pas venus pour rien.

Tout le groupe est descendu et ma chauffeuse me fait signe de monter. Elle a l'air assez sérieux et je suis intrigué, donc je m'exécute, je m'assois sur le siège avant et j'attends qu'elle prenne la parole.

« Je voulais t'en parler en privé avant tes collègues, mais nous parlerons ce soir à la réunion. Je voudrais te faire une proposition. J'ai du temps libre surtout le matin, car nous roulons en général l'après-midi. Je m'occupe aussi de personnes en difficulté et si tu es d'accord, je peux remplacer ta monitrice au cas où elle rentre chez elle. »

Je l'écoute tout en réfléchissant. Sa proposition me tente mais il me faut l'approbation de tout le groupe. De toute façon, je ne dirai rien à la direction. Nous allons nous organiser entre nous et je pense que toute l'équipe sera d'accord.

Comme j'ai un petit moment avant le repas, je remonte voir ma monitrice défaillante. Je lui explique que j'ai eu sa tante et qu'elle est de mon avis. Il vaut mieux rentrer et entamer un processus de guérison avec l'aide aussi bien de son médecin que d'autres thérapeutes. Je souligne également qu'elle est prête à l'aider, y compris financièrement, mais qu'elle regrette de ne pas avoir été mise au courant.

« Je pense que tu as compris que je n'avais pas le choix et j'ai agi comme je l'aurais fait pour ma propre fille. Ton avenir en dépend et pour moi c'est primordial. Ce soir avant le repas, j'expliquerai aux vacanciers que tu dois partir pour un problème familial, mais je souhaite que tu viennes aussi à la réunion dire au revoir à tes collègues, qui t'estiment et te soutiennent. »

À son triste sourire, je constate qu'elle est résignée. Mais comment faire autrement ? Je l'accompagnerai demain prendre son train. Chacun a le droit d'avoir des problèmes dans sa vie, l'essentiel est de trouver une solution...

Au repas, à mon annonce, tout le monde est surpris, mais je prends la peine d'expliquer qu'il y aura quelqu'un pour le remplacer et tout rentre dans le calme. À la réunion, ses collègues font tout pour la consoler mais c'est difficile. Une page se tourne, il faut l'accepter.

Le lendemain matin, devant la gare, elle se jette dans mes bras en pleurant et je lui explique que j'étais obligé de prendre la décision. Elle ne m'en veut pas. Tout cela fait aussi partie de mon boulot, mais le séjour est loin d'être terminé. À l'horizon, se profile le problème Juliette, qui ne va pas être simple non plus. La question qui m'intéresse fortement : est-ce que nous allons pouvoir terminer les vacances sans trop de casse ? Rien n'est sûr. L'avenir me le dira. Pour l'instant, je suis assez pessimiste et après un dernier au revoir, je me repose quelques instants dans ma voiture. Il reste encore deux semaines pour une partie du groupe et le temps va nous sembler très long. Seul objectif, tenir. Pas simple.

En arrivant, j'ai le sentiment que la page est déjà tournée. Ma nouvelle monitrice, en dehors de son bus, a été acceptée. Mais elle le sait, elle ne pourra pas céder à tous les caprices car je connais mes loulous, ils vont essayer de la mettre dans leur poche. À mon avis, ce sera peine perdue. La dame a du caractère et elle aura vite fait de leur faire savoir et c'est très bien ainsi. Cette nuit, je vais pouvoir dormir sur mes deux oreilles !

CHAPITRE QUATRE

Après toutes ces péripéties que nous subissons depuis le début, j'aimerais que dans la mesure du possible, tout cela se calme un peu et que le lycée qui nous sert de refuge retrouve un zeste de tranquillité. Mes équipiers sont sur les genoux et votre serviteur aussi. S'ils sont plus jeunes que moi, j'ai appris avec l'expérience à mieux gérer mes efforts et mes émotions. Il faut reconnaître que les nuits sont assez courtes. Avec ceux qui ne dorment pas ou font des crises d'angoisse, le sommeil est perturbé.

Devant cette avalanche de soucis, j'espère qu'aucun de mes collègues ne va capituler. Je veux éviter cela. Nous sommes déjà en sous-effectif, aussi, cet après-midi, c'est sortie pour tout le monde. La logique aurait voulu que j'emmène mes troupes sur la côte, la mer n'étant pas trop loin, surtout qu'aujourd'hui il fait un temps magnifique, tempéré par une légère brise qui rafraîchit l'atmosphère, ce qui est appréciable. Je réunis mon personnel et certains soulèvent une objection, à savoir que la surveillance va être compliquée. Il est vrai qu'en plein mois d'août, les estivants sont nombreux, les plages sont grandes et la mer n'est pas toujours calme. Je réponds qu'il y a des postes de secours et finalement, je me rends compte qu'ils ont raison. Je peux me tromper et à l'évidence, ils disent vrai.

J'ouvre mon attaché-case, et comme j'ai eu la précaution d'acheter une carte du secteur, je découvre non loin d'ici un lac ou un étang qui a l'air aménagé. Je constate avoir une bonne heure devant nous. Ma décision est vite prise, je vais y aller avec une monitrice.

Nous arrivons en quelques minutes et là, c'est la bonne surprise. En effet, l'étendue est importante, entourée d'un chemin avec de nombreux arbres qui apportent un peu d'ombre, sûrement bienvenue. Pour moi, il y a un point très positif : un poste de surveillance avec un maître-nageur. Et à quelques dizaines de mètres, nous découvrons un peu comme une guinguette avec tables, chaises, parasols et une pancarte indiquant quelques pâtisseries et confiseries. J'ai envie d'aller voir d'un peu plus près et je convie ma collaboratrice à aller prendre un jus de fruits bien frais car la chaleur commence à s'installer, ainsi que la soif. Une dame d'environ une cinquantaine d'années, souriante, s'approche, prend notre commande et en revenant, visiblement aimerait parler. Et comme il n'y a pas grand monde, pourquoi pas ? Nous sommes des nouvelles têtes et elle a envie de savoir. Je lui explique que nous logeons dans un lycée proche, que nous gérons un séjour pour personnes en situation de handicap et je préfère le dire de suite pour éviter les mauvaises surprises.

« Cet endroit nous convient mais nos vacanciers sont quelquefois turbulents ils auront tendance à vous envahir, pour certains, toucher à tout. En général, ils sont très gourmands et je vois qu'entre les gâteaux et les confiseries, ils n'auront que l'embarras du choix. »

Cette dame est vraiment gentille, elle me répond qu'au contraire cela mettra un peu d'animation, qu'elle et son mari seront ravis car il est vrai que ce lac étant proche du littoral, les estivants ne se bousculent pas. Nous prenons congé en promettant de revenir cet après- midi. Quand elle va voir tous mes loulous débarquer, il va falloir gérer le flot. Mon personnel et moi serons très vigilants. Je ne veux pas tout gâcher dès le départ, nous avons encore deux semaines à tenir. Ce ne sera pas de tout repos, mais ils ont besoin de se défouler. Nous y veillerons. Ce midi nous annoncerons la bonne nouvelle au repas et je me doute qu'il va y avoir une explosion de joie, ambiance assurée !

Comme prévu, c'est un chahut monstre. J'ai droit à une ovation mais je remarque que Juliette est absente. Je m'en inquiète auprès de sa monitrice, qui me dit qu'elle ne s'est pas levée de la matinée et qu'elle refuse de venir manger. Je commence à être exaspéré. Je décide de monter la voir car je ne peux plus tolérer cette conduite. Il va falloir trouver une solution, pour nous ce n'est plus possible.

Le fait de gravir les escaliers à toute vitesse me calme un peu et avant d'entrer j'essaie de retrouver mon souffle, me rappelant que l'âge est là. Je frappe doucement à sa porte. N'entendant aucune réponse, j'entre. Elle est recroquevillée sur son lit, la tête pratiquement sous les draps, et j'hésite à la sermonner. Je pense qu'il vaut mieux négocier, mais rester ferme.

« Juliette, je veux bien t'aider, t'écouter mais à une seule condition, c'est tout de suite, car vis à vis de tes camarades, je vais devoir leur expliquer ton attitude que beaucoup ne comprennent pas. Alors moi je te propose une chose. Demain, nous irons voir le médecin du village et tu pourras tout lui dire, sinon je suis dans l'obligation de te renvoyer et je n'y tiens pas. »

J'attends une réaction de sa part. Elle me fixe sans dire une parole, puis au bout de quelques secondes elle se décide, accepte de venir cet après-midi à la sortie, mais refuse de descendre manger. Je ne vais pas la contredire car pour moi, c'est un premier pas et j'ai très bien compris que petit à petit nous allions avancer un peu. En revanche, je repose la question pour le médecin et, surprise, elle est d'accord. J'ai eu du mal à monter les marches mais je suis très satisfait du résultat. Une fois en bas, je mets mes collègues au courant et je prends rendez-vous. On me propose demain matin. Super. Je l'accompagnerai, en espérant une démarche probante. Je croise les doigts. Est-ce que la chance reviendrait ?

Nous avons bien eu du mal à gérer le calme au moment du repas, chacun était pressé de partir. Finalement, j'aurais dû me taire, mais bon je ferai mieux la prochaine fois.

Une fois le bus arrivé, c'est l'envahissement des lieux et je dois gendarmer et hausser un peu le ton. Mais il y a une chose que je n'avais pas prévu, c'est me voir tomber dessus quatre ou cinq gaillards, m'emmener jusqu'à l'eau et me balancer tout habillé, accompagné d'une hilarité générale, y compris les quelques personnes présentes. À voir le fou rire de mes collègues, j'ai le sentiment qu'ils sont de mèche, mais contre mauvaise fortune bon cœur, je ris aussi. Je suis trempé jusqu'aux os et n'ai rien pour me changer. J'aurai ma revanche un jour, je ne sais pas comment mais ça viendra, c'est sûr.

Comme prévu, c'était un peu l'anarchie mais aussi la bonne humeur sauf pour une, qui s'était réfugiée sous un arbre où elle allait passer l'après-midi. Je n'ai rien dit, acceptant son silence et son indifférence. Demain sera un autre jour et j'espère que le médecin décèlera ce que j'appelle un naufrage car, sauf pour de bonnes raisons, comment peut-on en arriver là ?

Le lendemain matin, Juliette est prête à l'heure mais toujours aussi muette jusqu'au cabinet médical. Elle est comme prostrée et je ne lui dis rien, ce n'est pas le moment. Nous attendons notre tour et le praticien nous introduit dans son bureau, étudie rapidement son dossier médical, me demande de sortir. J'attends une vingtaine de minutes, la petite revient et il me demande d'entrer.

« Sur le plan physique je n'ai rien décelé d›anormal, pour le reste elle ne veut absolument rien dire. Je reste persuadé qu'elle est victime d'actes de malveillance mais quoi, je l'ignore totalement. Elle refuse de s'exprimer. Aussi, je vous propose de la laisser tranquille pour l'instant. En revanche, je souhaite que vous notiez tous ses faits et gestes, y compris les plus anodins. Nous y trouverons peut-être des remarques intéressantes et ferons le bilan en votre présence et celle de la jeune femme. »

En remontant dans la voiture, je pense que ce médecin est bien gentil mais il n'a pas trop l'air de se douter des difficultés que nous rencontrons quotidiennement. Et je ne me vois pas dire à mes collègues « ayez toujours un carnet sur vous pour noter les caprices ou colères de Juliette ». À discuter ce soir à la réunion. Je connais déjà la réponse. À mon avis, ça va être « niet » et je n'ai guère envie de négocier. Il va falloir trouver une autre solution, de préférence urgente, car le détective privé qui sommeille en moi risque de perdre un peu les pédales, si j'ose m'exprimer ainsi, car je suis en voiture pour rentrer au lycée.

Durant le trajet, je demande à ma voisine si elle désire faire une sortie à la montagne demain pour varier un peu de la mer. Nous ne sommes pas loin des Pyrénées et le changement d'air nous ferait le plus grand bien. Pour toute réponse, j'obtiens un grognement qui veut peut-être dire oui, je ne peux pas traduire, mais je trouve cette expression encourageante. J'ai le sentiment qu'elle accepte ma proposition, mais lors de notre arrivée, elle est remontée dans sa chambre sans un mot. Patience, quand tu nous tiens !

J'annonce la nouvelle à mon équipe et demande à ma chauffeuse de préparer un itinéraire pour le lendemain. Pour une fois, je lui propose d'annoncer la bonne nouvelle au repas. Elle reçoit une ovation telle que je vais finir par être jaloux. Qui est le chef ici ?

Tout le monde est prêt de bonne heure, embarque dans le bus dans un chahut monstre. Je préfère partir un peu plus tard et les rejoindre, car j'ai un tas de paperasse qui traîne et je dois me mettre à jour sinon je vais encore accumuler les remarques de mes patrons et je n'y tiens pas.

En arrivant sur la place des thermes de cette ville de cure, je remarque une agitation autour du bus et le seul garçon moniteur de mon équipe vient vers moi, ouvre ma portière et me met au courant de la situation.

« Nous avons un gros problème avec Jérôme qui souffre du dos depuis hier, mais son état a empiré brusquement. Si j'ai bien compris, ce n'est pas la première fois et il me dit que dans son centre on lui donne des calmants mais il ne sait pas lesquels, donc nous attendons un médecin qui ne devrait pas tarder, en principe, avec les pompiers. »

Je sors de la voiture. Deux véhicules rouges arrivent avec le gyrophare et ils s'arrêtent devant le bus. Tout mon groupe était descendu et le médecin entre, au bout d'un quart d'heure ressort. Je m'approche et il me conduit à l'écart.

« Visiblement, il a un problème rénal à priori des coliques néphrétiques, mais je n'en suis pas certain. Ici, je ne peux pas effectuer l'auscultation nécessaire et j'ai besoin d'examens médicaux plus précis en milieu hospitalier. Il est urgent de le transférer. »

L'imprévu a ceci de particulier, c'est qu'effectivement on ne peut pas le prévoir, mais là, c'est la tuile. Il est hors de question qu'il parte seul, mais je dois confier le groupe à mes assistants, ce qui ne m'inquiète pas outre mesure, mais pour eux c'est un travail supplémentaire et je les préviens de mon départ. Quant à mon retour, on verra plus tard.

L'ambulance démarre et je me colle derrière elle pour ne pas la perdre de vue sur l'autoroute. Nous arrivons aux urgences du centre hospitalier et comme Jérôme a eu une piqûre calmante, il a l'air de moins souffrir. J'attends presque une heure. Le médecin urgentiste arrive et il vient vers moi.

« Ce jeune homme nous a dit qu'il était de la région parisienne et il va rejoindre un centre spécialisé. Nous ne sommes pas équipés ici, d'autant plus que tout cela risque d'être assez long. Je vous propose de passer un petit moment avec lui, il a l'air un peu perdu mais c'est normal. Ne restez pas trop longtemps, il est très fatigué, et la capitale n'est pas proche. Bon courage à vous. »

L'essentiel, c'est qu'il est maintenant en sécurité, au moins jusqu'à son arrivée à Paris. Je privilégie son bien-être avant tout. Il est encore jeune et tout l'avenir devant lui, donc aucune hésitation. Il aura quand même pu profiter d'une semaine de vacances, mais c'est vraiment dommage pour lui.

Ce n'est pas sans émotion que nous nous quittons. Il est au bord des larmes et j'ai bien du mal à lui faire comprendre que nous n'avons guère le choix. Je repars car moi aussi je suis consterné. Comment faire autrement ? Il n'est pas trop tard et j'hésite. Est-ce que je rejoins le groupe ? Finalement, je décide de rentrer au lycée. La journée n'a pas été facile.

En reprenant la route, il faut songer aux activités futures et là, les neurones sont en alerte pour être assez imaginatif car à part la sieste pour certains, les autres demandent sans cesse des divertissements variés. Mais je dois aussi faire attention à la circulation, assez dense à l'heure actuelle, et la prudence est de mise donc je reviens à la route.

Un peu plus tard dans la soirée, le groupe arrive et naturellement je suis assailli. Le fait de savoir leur camarade rapatrié à Paris pour être soigné les rassure. J'essaie de faire diversion en posant quelques questions sur leur voyage, mais étant donné le peu de réponses, je n'insiste pas. Ils sont partis dans d'autres occupations.

C'est fou, ils ont une forme olympique et au moment du repas, je propose de manger vite et de sortir danser ce soir.

C'est un concert de fourchettes et de cuillers sur les verres dans une ambiance d'émeute, c'est-à-dire clairement nous sommes prêts dans quelques minutes. Il est vrai que tout le monde a besoin de se détendre, même après une sortie importante marquée par un gros problème.

Une seule personne n'a pas vraiment l'air d'apprécier ma proposition, c'est Juliette. Je lui fais remarquer qu'elle ne restera pas dans l'établissement car il n'y a pas, à part l'infirmière, encore d'âmes qui vivent dans les locaux. Moralité, que cela lui plaise ou non, embarquement immédiat.

Une fois sur place, la musique est tellement forte que j'ai beau hurler, personne n'entend. Ils sont déjà en train de se trémousser sur la piste et, pris dans la tourmente, je me mets à danser. Comme je peux car ce n'est pas dans mes habitudes, mais je remarque quand même que Juliette est sur une chaise. Si la bonne humeur est générale, ce n'est pas son cas. Dommage, mais elle a probablement de bonnes raisons.

En fait, dans mon séjour, j'avais deux groupes. Un qui restait quinze jours et l'autre une semaine de plus, mais elle faisait partie du premier, ce qui ne me laissait guère de temps pour solutionner son problème. Non seulement elle gâchait ses vacances, mais aussi celles de ses camarades et l'équipe dirigeante et ce n'était plus possible. Je ne me sentais pas le droit de la laisser repartir dans son institut en la laissant supporter seule ce fardeau. Quoi faire ? J'étais complètement désarmé.

Le lendemain il faisait très beau et au lieu d'aller au lac j'allais amener le groupe à la plage. Au bord de la grande bleue, comme beaucoup d'habitants l'appellent, il y a toujours un peu d'air ce qui nous permettait de partir un peu plus tôt sans trop griller sous le chaud soleil. J'avais encore pas mal de boulot à finir et j'allais prendre la décision d'y aller avec ma voiture afin d'être plus autonome et je ne le savais pas encore mais pour une fois, la chance allait me servir.

Lorsque j'arrive à la plage, la première chose que je remarque, c'est que notre amie est assise bien à l'écart sur sa serviette, le regard fixé je ne sais où. Son air absent m'inquiète. Mon arrivée, visiblement, ne l'intéresse pas, ce qui n'est pas le cas de ses amis. Mais je mets le holà. Je n'ai pas envie d'être balancé à la flotte comme au lac, ici c'est de l'eau salée, voire très salée ! Je m'approche doucement, m'agenouille auprès d'elle et c'est à peine si elle détourne son regard.

« Juliette, on ne peut pas continuer ainsi pour plusieurs raisons, et je pense que la première te concerne directement. Je te fais remarquer que les séjours coûtent très cher et bien que cela ne me regarde pas, car il s'agit de ton argent, c'est vraiment dommage de tout gâcher car tous tes camarades et nous les encadrants sommes mal à l'aise et c'est intolérable. Il n'y a aucun effort de ta part et, sincèrement, je ne comprends pas. Toute l'équipe est là pour t'aider mais aucune réponse de ta part. Je vais finir par tout laisser tomber, ce n'est plus possible. »

Elle baisse la tête et je me demande si je n'y suis pas allé un peu fort, mais tant pis. Je ne sais pas pourquoi, j'ai l'impression qu'elle va enfin révéler ce qui la hante. Quand brusquement, elle se lève, plie sa serviette, viens vers moi, me prend par le bras et sans dire un mot m'entraîne vers le chemin qui longe la plage. Nous faisons quelques pas et elle ne dit toujours rien mais je n'insiste pas, inutile de la brusquer. Puis, tout à coup, elle prend la parole.

« Je ne te dirai rien pour l'instant mais ce soir, dans la chambre je te donnerai quelque chose. Mais pour l'instant, je ne peux pas. »

Je la regarde, incrédule. Elle me prépare une surprise à laquelle je ne m'attends pas et il va me falloir un peu de patience, je vais avoir bien du mal à attendre la soirée. Je sens qu'il va se passer un événement important qui va peut-être débloquer cette situation de plus en plus angoissante. Elle me demande si elle peut rentrer avec moi et je ne refuse pas, car elle risque de se bloquer. Mais tout au long de la route, elle ne prononce pas un mot.

Dans la soirée, le groupe rentre dans une joyeuse ambiance et je dois remettre un peu d'ordre devant un tel chahut. En revanche, tous ont l'air content de leur après-midi. Au dîner, bien sûr Juliette est absente et je demande à sa monitrice de lui monter quelques denrées car elle qui est déjà menue, je n'ai pas envie de la voir dépérir et rentrer dans un triste état.

Une fois tout le monde au lit, je peux enfin commencer la réunion car je ne voudrais pas que l'on se couche trop tard. Tous sont fatigués et le repos doit être de rigueur car la plupart nous dormons entre cinq et six heures par nuit et ce n'est pas suffisant, avec la charge de travail que nous avons et j'en suis parfaitement conscient.

Je décide de clore le débat lorsque la porte s'ouvre brusquement et que notre collègue entre triomphante un bout de papier à la main qu'elle brandit comme un trophée. Elle me le tend. J'ai le cœur qui bat très vite et mon personnel est aux aguets. Est-ce la fin de nos tourments ou la continuité de notre angoisse ? Je vais vite être fixé.

Lentement, je défroisse la missive écrite sur un bout de feuille de carnet, et à ma mine déconfite, chacun comprend que j'ai bien du mal à déchiffrer ce message. Je n'ai qu'une solution, c'est de reprendre lettre par lettre de les transcrire sur mon cahier et nous finissons après bien des suppositions à lire ceci : « mon père m'a pris sur la couche et aussi ma sœur quand ma maman était à l'hôpital. »

Personne ne dit un mot. Nous sommes tous pétrifiés devant une telle révélation et tout devient clair. Je pense, de même qu'eux, que la petite dit vrai et qu'elle n'a pas pu inventer de tels actes ignobles. Mais je me dois de leur rappeler que la présomption d'innocence existe et que personne n'a à prendre de position dans l'immédiat. Il est vrai que Juliette, avec toute la candeur qui la caractérise, a certainement dévoilé avec maladresse ce mal qui la ronge depuis des lustres mais dans mon esprit, il est très clair que ce ne sera plus de notre ressort. Je me sens soulagé mais je dois aussi savoir comment ce message a été rédigé et par qui. Je n'ai pas de réponse précise mais je suppose que sa camarade de chambre a certainement participé à la rédaction de ce mot.

Personne ne dit rien, comme hébété. Nous sommes tous sous le choc et je pense qu'il faut en rester là pour ce soir. La nuit risque d'être mouvementée mais je me promets d'aller voir Juliette le plus vite possible demain matin. Maintenant, il faut aller au bout et aussi la prévenir que je ne peux pas passer sous silence cette découverte, car la loi est très claire, il faut en référer aux autorités compétentes. Mais à mon avis, ce sera plus à notre direction de le faire et j'ai bien peur que rien ne soit gagné d'avance, car ébruiter de tels faits, entre son institut, sa famille et l'association, c'est une publicité dont on se passerait bien volontiers.

Les mines sont déconfites le lendemain matin en attendant la réaction de Juliette. Soit elle va être libérée de ce qu'elle cache depuis des années, ou au contraire, s'enfermer encore plus dans son marasme. Je ne me sentais pas le droit de la laisser tomber et je redoutais un peu d'annoncer la nouvelle à ma direction. Prenant mon courage à deux mains, j'appelle le boss.

J'aurais peut-être mieux fait de ne rien dire en attendant la fin du séjour. La réaction ne se fait pas attendre. Se taire. Ce que j'avais un peu prévu. Je raccroche. La chance allait me sourire. En allant aux cuisines, je croise une dame qui s'arrête, me fait un grand sourire en me tendant la main.

« Bonjour, je suppose que vous êtes le responsable de ce séjour ? Je suis l'infirmière attachée à l'établissement, mais avec les vacances, je suis libre pendant deux mois et quelquefois je trouve le temps un peu long. Si vous avez besoin de mes services, je suis à votre disposition. Je vous propose de venir bavarder dans mon bureau pour faire plus ample connaissance. »

L'occasion est trop belle. Elle est sûrement plus qualifiée que, moi, d'autant plus qu'elle s'occupe de jeunes tout au long de l'année scolaire. J'accepte sa proposition et je la suis dans ce dédale de couloirs, tout en essayant de me repérer si je dois revenir. J'entre dans son bureau et elle me fait asseoir en face d'elle.

« Je vous trouve vraiment une petite mine ainsi que vos collègues, et si je peux vous aider ce sera avec plaisir. »

Je ne peux pas lui reprocher sa franchise, mais je trouve inquiétant que nos problèmes soient inscrits sur nos visages. Étant fatigué avec tous ces événements, je crois que je vais me lâcher un peu et je lui raconte tout ce que nous avons découvert. Sa surprise est grande.

« Pour commencer je te propose de nous tutoyer, ce sera plus simple. Mais comment as-tu fait pour qu'elle parle ? En général ce n'est pas facile. »

Je reprends tout depuis le début, dans les moindres détails, afin qu'elle ait tous les éléments en sa possession. Je lui parle aussi de ma direction, qui refuse d'entendre quoi que ce soit, et visiblement elle n'apprécie pas beaucoup. Elle réfléchit quelques instants.

Le problème est que l'heure tourne. Je dois rejoindre mes troupes et je lui en fais part. Elle comprend très bien et me propose de rencontrer son mari ce soir afin de faire sa connaissance. Il pourrait peut-être m'aider pour la suite, car j'avoue que je suis désemparé, ne sachant pas quelle orientation je dois donner à cette affaire.

Au moment du repas, je m'éclipse discrètement, mon portable sur moi, afin que mes collègues puissent me joindre facilement. Je retrouve l'appartement et après mon coup de sonnette la porte s'ouvre sur un grand gaillard, musclé, les cheveux courts, le teint bronzé. Il me fait penser à un ex-militaire. Son accueil est très chaleureux. Son épouse est derrière, tout aussi souriante, et nous nous introduisons dans leur salon. Sur un meuble j'aperçois une photo de mon interlocuteur en légionnaire et je lui pose la question, il me répond aussitôt.

« En fait j'étais infirmier au deuxième Régiment Etranger de Parachutistes en Algérie sur la base de Mers-El-Kébir jusqu'en 1966. Après, je suis parti en Corse. J'ai quitté l'armée plus tard pour venir ici dans ce lycée comme régisseur, et j'ai rencontré mon épouse dans l'établissement. »

Je dois certainement le regarder avec un drôle d'air et il me pose la question inquiet mais je le rassure de suite.

« On dit que le monde est petit mais là c'est vraiment curieux. Après une formation d'infirmier en France, j'ai été muté à Alger et ensuite sur cette base où j'ai terminé mon service, étant détaché pour trois régiments dont le tien et nous partions en manœuvre toutes les semaines. Mais je ne me souviens pas t'avoir rencontré. Il faut dire que nous étions nombreux sur ce secteur et j'ai pendant cette période des anecdotes raconter avec tes amis de la légion, qui d'ailleurs m'avaient surnommé la seringue. »

Tous les trois nous éclatons de rire ce qui détend l'atmosphère.

« Mon épouse m'a mis au courant de ce qu'il t'arrive, mais

je te propose, tu laisses tomber ta boîte. Mais elle, cette jeune fille, ne doit pas payer la note. Rester ainsi demain, ou le plus vite possible, tu vas à la gendarmerie locale de ma part et s'il y a un problème, tu me recontactes car j'ai un ami qui peut intervenir mais pour l'instant je ne dis rien. On verra bien ».

Il a l'air tellement sûr de lui, que je ne pose pas de questions et je prends congé d'eux en promettant de les tenir au courant. Je me sens soulagé, je ne suis plus seul et c'est l'essentiel.

Le lendemain matin, je me rends à la brigade et là, malgré les recommandations de mon ami, le chef refuse de prendre ma plainte car Juliette n'est pas de la région et il faudrait que ce soit fait dans la ville où elle réside. Je suis très déçu et je prends note car je ne vais pas aller de l'autre côté de la France pour témoigner. À peine revenu, je monte voir le mari de l'infirmière. Je lui explique ma démarche et après m'avoir écouté, il me demande de repasser dans la soirée en m'expliquant qu'un ami à lui va intervenir et régler le problème. Effectivement, je reçois son appel assez tard et il me dit de retourner voir le gendarme qui m'a reçu et qu'il prendra ma déposition. Le lendemain matin, c'est chose faite, avec mon interlocuteur un peu bougon. Mais ce n'est pas grave, le dossier est bouclé dans les règles et je suis prévenu qu'il y aura forcément des suites, mais ça je m'en doute, il serait bien surprenant que ce ne soit pas ainsi.

J'apprends qu'il a fait intervenir le président de la région, en plus ancien ministre. Comme quoi, quand tu as des relations, toutes les portes s'ouvrent devant toi. Attention aux courants d'air !

Je mets mon personnel au courant et visiblement toute l'équipe est soulagée, sachant que les soucis risquent de continuer. Mais nous allons pouvoir respirer un peu mieux et je monte faire une petite visite à ma protégée. Je lui explique ma démarche. Elle n'a rien contre un dépôt de plainte. Je constate qu'elle est soulagée, beaucoup plus avenante et gaie. Au moins sur ce plan, c'est une victoire. Elle me dit qu'elle est ravie que je m'occupe d'elle et par conséquent de sa sœur, réclamant une punition exemplaire pour son père.

Je n'insiste pas mais je reste persuadé qu'elle dit la vérité. Maintenant il va falloir des preuves, des interrogatoires, des confrontations, et je ne pense pas qu'elle se rende bien compte de ce qui l'attend. En ce qui me concerne, je vais probablement être soumis au même régime dès mon retour, mais je l'accepte bien volontiers si c'est le prix à payer pour aider la petite. Dans la journée, je reçois un appel de la gendarmerie me précisant que le procureur de la République avais saisi le bout de papier et ma déclaration comme pièces nécessaires au dossier, qui sera transmis à son confrère dans les meilleurs délais.

Au fur et à mesure des journées, toute l'équipe constate que Juliette se mêle beaucoup plus aux activités et que son attitude a changé énormément, non seulement vis-à-vis de nous, mais aussi de ses camarades, qu'elle dévore à chaque repas et son regard est devenu pétillant et sa mine réjouie. C'est un grand bonheur. Hélas, cet état n'allait pas durer très longtemps. Est-ce son départ proche qui la tracassait ou autre chose ? Je devais en avoir le cœur net.

Au repas de midi elle, est à table mais refuse de s'alimenter, boude, et elle demande à regagner sa chambre. Comme je ne veux pas d'esclandre, je l'y autorise, mais la préviens que je monte dans dix minutes, ce qui la laisse indifférente.

Je m'inquiète auprès de sa monitrice de savoir l'attitude qu'elle a eu dans la matinée. Rien de spécial à signaler.

Je gravis les marches, frappe à la porte. Doucement, j'appuie sur la poignée, et par l'entrebâillement, je vois qu'elle est assise sur son lit. Comme je n'ai pas envie que la situation s'envenime, je ne dis pas un mot, m'assois sur le rebord et attends. À priori, elle a sa tête des grands jours et il est fort probable que l'entretien va être musclé. Aussitôt elle attaque. « J'ai téléphoné ce matin à ma mère et ma sœur et elles sont d'accord pour que tu viennes à la maison. Tu coucheras sur le lit de camp dans la salle à manger, mais je te préviens, il y a aussi la corbeille de la chienne car elle dort dans cette pièce depuis toujours et ne veut pas aller ailleurs. »

Je la regarde longuement me demandant si c'est sérieux. Je suis vite fixé, elle n'a pas envie de rigoler. Je suis complètement désarmé, et au bout de quelques instants, j'enchaîne gentiment, sans la brusquer. Je n'ai pas envie de me faire virer avec perte et fracas.

« Juliette, pour l'instant je ne comprends pas grand-chose, mais j'aimerais bien que tu m'expliques ta décision. Je te signale que je suis à l'autre bout de chez toi. Prendre le train en passant par Paris, ce n'est pas un petit voyage. »

Inévitablement, je sens qu'il va se produire un événement, mais quoi ? Mystère. Elle garde la tête baissée et le regard frondeur, dois-je m'attendre au pire ?

CHAPITRE CINQ

Le temps m'était compté et je savais que jusqu'à son départ, je n'avais pas le droit de trop m'exprimer sur ses exigences, car le moindre faux pas risquait de me coûter très cher. Pourquoi désire-t-elle que je me rende chez elle ? Il me faut mettre tout ça au clair. Elle a certainement de bonnes raisons, mais en ce qui me concerne, c'est l'inconnu. Est-ce que sa décision est en fonction de ce que nous avons découvert ou autre chose ? Je n'en sais rien, mais j'allais très vite l'apprendre.

Le soir, à la réunion, je le répète auprès de mes collègues. Mais eux ont très bien compris que j'hésite, malgré les ordres de la direction qui ne veut surtout pas que l'on donne suite ou que l'on s'attache à un de nos pensionnaires. Et rompre tout lien après leur départ n'est pas aussi simple que l'on pourrait croire. Chacun donne sa version, si bien qu'à la fin, je suis encore plus perdu qu'au début. Mais comment refuser à Juliette ? Comment lui dire que je voudrais bien aller chez elle ? Comment lui faire admettre que pour moi c'est mission impossible ? Le risque est trop grand, elle va repartir dans ce monde infernal et sombrer à tout jamais dans des histoires interminables. J'abrège l'entretien et, selon le dicton, si la nuit porte conseil, je dois absolument dormir un peu si je veux éviter la catastrophe. Je me suis pesé ce matin chez l'infirmière et elle m'a confirmé que je commençais à dépérir et qu'il était temps d'arrêter. Ce n'est pas la première fois qu'elle me fait cette remarque sur un ton assez sévère, ce qui me fait sourire, en lui rappelant qu'elle est plus jeune que moi. Mais sa sollicitude me touche, c'est très gentil de sa part.

Après une nuit de repos sans incident ni lever intempestif, je décide après le petit-déjeuner de monter voir Juliette pour avoir l'explication finale de son désir de me voir dans sa famille. Car pour l'instant, je ne sais rien. Mais étant donné son air aimable, je courbe un peu l'échine. À mon avis c'est probablement un début de tempête et j'ai à peine fermé la porte qu'elle se précipite et se campant devant moi et me déclare : « tu ne peux pas refuser de venir car je vais faire ma confirmation. Et comme je veux que tu sois mon parrain, tu ne dis pas non car tout est prévu pour toi, je te l'ai déjà dit. »

Visiblement, cette déclaration ne supportera pas le contraire et j'avoue être passablement désarçonné. Je ne m'attendais pas à une telle demande ! Je pense qu'il va falloir hausser le ton, mais comment résister à autant de candeur, de gentillesse, mais aussi pour elle l'espoir de voir enfin quelqu'un s'intéresser à son sort ? Si je ne trouve pas dans les prochaines secondes la réponse imparable, je vais la braquer et en fait je n'en ai pas envie. Gâcher la fin de son séjour est impensable, surtout après ce que nous avons découvert et ce changement miraculeux chez elle était inespéré. En toute honnêteté, je réalise que si elle insiste un peu je vais craquer, mais pas tout de suite. Il me faut encore réfléchir : « Juliette je l'ai déjà dit, je dépends d'une association et je ne fais pas ce que je veux. Nous avons des ordres bien précis de ne pas donner suite à toute relation avec les membres du séjour. En plus, l'affaire qui te concerne ne leur plaît pas et ils ont peur que, le fait d'être allé à la gendarmerie, la presse s'en mêle. Dernière chose, tu habites de l'autre côté de la France par rapport à moi et ce ne sera pas simple car je risque d'avoir d'autres convoyages d'ici là. »

Je pourrais lui dire que la Terre est carrée et que le Soleil marche avec des piles que l'effet serait le même. Visiblement, mes propos passent au-dessus de sa tête et vont se perdre je ne sais où. Quand une idée germe dans mon esprit et sans trop réfléchir, je lui fais une proposition.

« Avant ton départ dimanche, je te donne ma réponse ferme et définitive, mais actuellement, et tu le sais, j'ai beaucoup de travail. Laisse-moi un peu de temps, ce n'est pas aussi simple que tu le crois. J'ai besoin de réfléchir, mais surtout m'organiser. »

Pour toute réponse, j'obtiens quelques grognements et un

air pas convaincu. Je décide de mettre fin à l'entretien, ce qui ne plaît pas à la demoiselle. À ma grande surprise, elle se glisse dans ses draps. Fin de mon numéro. Découragé, je me lève sans un mot mais qu'on se le dise, elle ne lâchera rien. Dépité, je sors.

La fin de la semaine allait être assez calme. La boîte m'avait expédié mes billets de train et samedi, nous avions décidé de faire une petite fête. Mais à chaque fois, c'était un peu la même chose. Le groupe qui partait était beaucoup moins joyeux que l'autre, ce qui me semblait normal. Juliette se comportait calmement, ce qui nous avait laissé un peu de répit. Et elle avait participé joyeusement à la petite réception, c'était tant mieux.

Je devrais savoir par expérience qu'une situation paisible peut dégénérer rapidement. Nous allions apprendre avec l'équipe que rien n'était gagné d'avance.

Morne début de journée ce dimanche matin, il faut faire les valises, ranger les chambres, faire les adieux ou plutôt au revoir. Souvent, ils se retrouvent dans d'autres séjours. Monter dans le car, direction la gare. Je constate que Juliette est très tendue et j'imagine pourquoi. Elle devait croire que j'allais donner ma réponse avant de partir du lycée. Nous avions parlé avec l'équipe la veille, mais tout le monde était de mon avis. J'allais dire oui à la requête de la petite, mais pour ne pas trop la perturber, de l'avis général, ce serait sur le quai de la gare. Mais tout n'allait pas se passer exactement comme prévu.

C'est un peu le bazar. Le car stationne juste devant le bâtiment et les chauffeurs de taxi râlent un peu. Mais nous avons tous les bagages à sortir, les transporter sur les chariots et direction les quais. Qu'ils viennent avec nous, ils vont voir si c'est aussi facile. Tout mon petit monde est énervé, mais comme les places sont retenues, je trouve facilement et nous chargeons les valises dans les filets. Les moniteurs montent et les vacanciers suivent, sauf une. Juliette se jette dans mes bras, pleure et moi pas loin.

« Je t'avais promis de donner ma réponse, eh bien c'est oui. Je serai ton parrain de confirmation, mais comme tu n'as pas la date exacte, je viendrai quelques jours le mois prochain afin de faire la connaissance de ta famille. Et pour la suite, on verra. »

Je m'attendais à ce qu'elle explose de joie, mais rien. Elle baisse la tête, monte dans le compartiment et me regarde derrière la vitre. Puis sans prévenir ressort alors que le train va partir. Elle me tend sa montre en me disant :

« tiens, tu la gardes, je n'en veux plus. C'est mon père qui me l'a offerte, maintenant elle est pour toi. »

Elle remonte rapidement, regagne sa place, et quelques secondes après le lourd convoi démarre, elle ne me jette même pas un regard, fixant je ne sais quoi, probablement perdue dans ses pensées. Je regarde s'éloigner le train sans trop comprendre ce qu'il m'arrive. A-t-elle voulu se séparer de l'objet parce qu'il venait de son père ou parce qu'il était à ses yeux un cadeau précieux qui allait sceller définitivement notre relation ? Mystère, mais mes deux moniteurs restants me rappellent à la réalité. Il faut rentrer, il reste encore un groupe. Les vacances ne sont pas terminées. Il était dit que ce séjour n 'allait pas être de tout repos.

Il était évident que la suite du séjour allait être beaucoup plus calme. Avec plus d'une moitié de notre effectif en moins, nous allions pouvoir souffler un peu. Mes moniteurs en avaient grand besoin et moi aussi par la même occasion. Mais mon esprit restait toujours en alerte avec toutes ces questions qui pour l'instant étaient sans réponse.

Je me doutais bien que dès l'arrivée de Juliette dans sa famille et après dans son institut ne serait pas de tout repos. L'enquête de gendarmerie avait probablement débuté avec peut-être une convocation de ses parents, de ses éducateurs et aussi elle-même. La seule chose qui me rassurait, c'est que nous étions dans la deuxième quinzaine d'août, et que tout resterait calme jusqu'à la rentrée. De toute façon j'allais être bientôt fixé.

En revanche, je n'avais pas oublié qu'à ma chauffeuse et à moi, c'était notre anniversaire et que tout le groupe nous avait préparé une belle fête dont nous nous souviendrons longtemps. Heureusement, il y a ces moments qui restent dans nos mémoires et aussi les nombreux cadeaux que je conserve précieusement.

Arrive aussi l'imprévisible. Et j'allais vite comprendre que, très occupé par les problèmes de Juliette, je n'avais pas remarqué que certains vacanciers se sentaient délaissés et attendaient plus de ma part. Bien involontairement, je ne leur avais pas donné l'attention qu'ils demandaient. Certains me l'avaient fait comprendre. Très vite, ils ne me quittaient pas d'une semelle, dont une petite jeune fille très timide qui se sentait frustrée. Pour me rattraper, j'allais discuter le soir avant qu'elle ne s'endorme. Elle me racontait les occupations de sa journée et aussi ses petits problèmes ou ses joies. Lorsque nous sommes repartis, elle était à côté de moi dans le train. En la quittant à Paris, pourtant sa maman était présente, elle s'est jetée dans mes bras et ne voulait plus me quitter. Pas évident pour moi non plus, mais dans notre métier d'animateur nous n'avions pas le choix de la rupture. Le plus dur, il fallait oublier et passer à autre chose. Qui pourrait me dire que notre tâche était facile ? Personne !

CHAPITRE SIX

J'avais encore des vacanciers à raccompagner dans leurs lieux d'habitation, d'où de nombreuses heures de train ou de salles d'attente, et j'en profitais pour faire le point sur mon séjour. Celui-là allait être un des plus difficiles car le contexte n'avait rien à voir avec les autres et pour cause. Il y avait d'abord pour moi le bon côté, celui où nous avions découvert le dur secret de Juliette, et cette libération pour elle de ces faits qui avaient engendré une vie très compliquée et que, probablement, elle n'espérait plus grand chose pour la suite. L'inverse aussi, elle risquait de subir des pressions de son entourage afin de minimiser les faits et lui faire dire qu'elle avait raconté n'importe quoi. Une chose me consolait, elle était sous tutelle et non sans défense. Les interrogatoires qui allaient suivre seraient certainement très serrés et déstabilisants. Pour les besoins de l'enquête de nombreuses questions lui seraient posées et ses contradicteurs n'allaient pas lui faciliter la tâche, voulant bien sûr défendre leur honneur et aussi leurs intérêts, la note risquait d'être assez lourde si faute il y avait. Je ne suis pas juriste mais je pense qu'un avocat était nécessaire pour sa défense. Cela ne dépendait pas de moi et en plus j'ignorais si on allait en arriver à ce point, ou si l'affaire allait être classée sans suite. Je lui avais donné une réponse positive sur ma venue. Dans mon esprit, ce qu'elle avait bien compris, c'est qu'elle ne resterait pas seule surtout face à la famille, là où son protecteur ne pouvait pas trop intervenir. Quelle galère, mais ma décision était prise et il était hors de question de revenir en arrière. Elle me faisait confiance.

Les jours à venir allaient être très difficiles et en premier lieu il me fallait récupérer de ces trois semaines mouvementées.

Mais avant ce repos, j'avais toute ma comptabilité à terminer et rendre compte à mon association des frais engendrés. Mais à ma grande satisfaction, il me semblait ne pas avoir dépensé la totalité de ma dotation, ce qui en général était un bon point.

Je n'étais pas fâché de rentrer à la maison. En premier lieu, la machine à laver allait fonctionner à temps complet avec cette montagne de linge dans mon sac. Puis me poser, bien réfléchir à la suite, car comment sa famille allait-t-elle m'ac-cueillir ? Il est possible que cet individu qui débarque sans prévenir leur cause beaucoup de soucis et de problèmes très sérieux, sans trop savoir quelle serait la suite. Une question primordiale se posait : comment Juliette allait réagir ? Est-ce que quelque part, influencée par son entourage, elle n'allait pas tout envoyer balader comme elle savait si bien le faire dans ses quelques colères qui allaient ruiner tous mes efforts depuis plusieurs semaines ? Je lui avais laissé mon numé-ro de portable, ne pouvant guère faire autrement, et à lon-gueur de journée, celui-ci allait sonner souvent. J'avais dû mettre un peu le holà, mais c'était peine perdue. J'avais ma comptabilité à finir, nous étions déjà au début du mois de sep-tembre lorsqu'un après-midi, je ne sais pas, pourquoi j'avais mis la télé en coupant le son lorsque mon téléphone sonne. « Parrain, est-ce que ton poste télé est allumé ? Il se passe quelque chose en en Amérique, il y a plein de gens qui sautent par les fenêtres, je crois qu'il y a un avion qui est entré dans une tour et tout a explosé. »

Qu'est-ce qu'elle me raconte ? Ça doit être encore une série catastrophe et elle a transposé l'histoire à sa manière. Effecti-vement, je vois le présentateur du journal télévisé et je réalise soudainement que la situation est très grave. Au même mo-ment, un autre avion percute le gratte-ciel et là je comprends : « Juliette, tu changes de chaîne de suite. Je ne veux pas que tu regardes, d'autant plus que tu es seule. Ou alors tu fermes ton poste. »

Je change de chaîne mais peine perdue, c'est partout le même programme. Quelle horreur. Je m'en souviendrai long-temps de ce 11 septembre 2001. J'espère que Juliette ne va pas être traumatisée par ces images insoutenables.

Deux jours s'écoulent avant qu'elle ne me rappelle, mais

j'ai le sentiment que rien ne va plus. Maux de tête assez violents et fréquents, sa mère souhaiterait qu'elle aille voir le médecin, mais là encore un problème. Juliette n'ira pas sans moi et je finis par demander les coordonnées du praticien. Je promets d'appeler et d'avoir la possibilité d'être présent lors de l'examen. Tout cela n'arrange pas mes affaires car suivant la date du rendez-vous, je vais être obligé de bouleverser mon emploi du temps. C'est de l'autre côté du pays et je dois être disponible, surtout pour effectuer les convoyages de l'association.

Assez perturbé par ces événements, j'appelle le cabinet médical et grosse surprise, c'est une charmante dame qui me répond. Je lui explique le pourquoi cette demande. Elle accepte volontiers de me recevoir avec ma protégée car elle a un doute sur son état et me pose pas mal de questions sur son comportement. Je suis bien obligé de lui dire ce que j'avais découvert et visiblement, elle ne s'attendait pas à une telle révélation. Elle souhaiterait me voir le plus rapidement possible et me fixe une date qui me convient. Nous nous quittons ravis de pouvoir collaborer. Je regarde mon calendrier pour être sûr, j'appelle Juliette. Ce sont des cris de joie lorsque je lui annonce la nouvelle et ma venue est accueillie avec beaucoup d'enthousiasme.

Quelques jours se passent et je suis prêt pour le parcours du combattant. TGV, changement de gare dans la capitale, puis train corail et enfin TER. L'avantage, tout cela me donne le temps de lire et de réfléchir. En réalité, je m'inquiète un peu du contact avec la famille. Retrouver Juliette, à priori, c'est du bonheur. Pour le reste on verra. J'arrive à ma destination finale et à travers la vitre j'aperçois ma protégée qui cherche mon compartiment. Je suis à peine sur le quai qu'elle se jette dans mes bras, bousculant pratiquement les gens sur son passage. Elle me serre presque à m'étouffer. C'est un accueil plus que chaleureux et à côté d'elle se trouve une dame qui me regarde timidement. Je comprends qu'il s'agit de sa maman. Je me présente et d'une voie feutrée, elle me souhaite la bienvenue. Son autre fille, elle, m'embrasse et me propose de sortir rapidement car elle doit aller chercher sa petite fille.

Juliette est aux anges, un large sourire éclairant son visage ce qui fait plaisir à voir. J'espère qu'elle a un peu oublié tous ses déboires et visiblement elle est comblée par ma venue. Nous arrivons sur une petite place et dans l'angle se trouve la maison familiale, petite, simple, mais qui doit leur convenir. En fait, il y a un appartement au premier étage et, dès la porte ouverte, la petite chienne vient vers moi et m'accueille par des joyeux jappements. Au moins une qui m'apprécie, car la maman ne dit pas un mot. Elle ne me connaît pas et cette irruption de ma part n'est pas forcément de son goût. Brusquement, elle s'affale sur une chaise dans la cuisine et ne bouge plus. J'en conclus qu'elle doit être fatiguée, je ne pose pas de questions. La demoiselle m'entraîne dans sa chambre qu'elle a aménagée en lieu de vie très agréable et je lui fais des compliments. Je suis un peu assoiffé et Juliette me propose d'aller me servir dans le frigo. J'ouvre la porte de l'appareil assez vétuste et, stupeur, il n'y a rien sur les étagères. Je déniche quand même une bouteille d'eau, pratiquement vide. Je regarde, la dame est toujours assise et j'irais bien faire un tour dans le placard, car la soirée pointe le bout de son nez et je me sens une légère faim. J'appelle la petite et lui demande la suite des réjouissances pour l'entendre dire : « Maman est fatiguée et n'a pas eu le temps de faire les courses. Si tu veux, il y a une épicerie à côté, on peut y aller. Je la regarde un peu éberlué, mais si je ne veux pas dormir le ventre vide, je dois obéir. La dame assise ne bronchant pas, je saisis un sac, prends mon portefeuille et en route.

Mon menu a beaucoup plu. Nous avons d'abord mis le couvert avec Juliette, puis direction les fourneaux. Avec les moyens du bord, j'ai élaboré un menu correct : omelette aux fines herbes que j'ai trouvées par miracle dans le magasin, puis assortiment de charcuterie (sous blister), fromage, compote et une bouteille de vin pour arroser mon arrivée. Pas pour la petite bien sûr.

La maman n'a pas bronché, mais bien mangé, Juliette m'a juré que c'était un de ses meilleurs repas et la petite chienne a avalé les restes en remuant la queue, signe qu'elle était ravie. Ensuite, j'ai débarrassé la table et fait la vaisselle pendant que la digne dame éructait quelque peu, histoire de dégonfler sa poche d'air, à priori satisfaite de ce dîner improvisé.

J'allais devoir m'adapter rapidement à cette situation et après une bonne nuit réparatrice, où la représentante canine a accepté ma présence sans trop de difficulté, je me sens frais et dispo.

Après un bon café, j'entreprends de revisiter les placards et de faire la liste des manquants. Rien, il n'y a pratiquement rien, même les produits de base. Il va me falloir une grande feuille pour établir la liste des denrées et ma carte bancaire risque de chauffer. Heureusement, la grande surface n'est pas très loin et je demande à Juliette de m'accompagner. Mais le toutou frétillant de la queue s'imagine faire partie de l'expédition. Désolé, mais tu restes avec ta maîtresse bloquée devant la télé.

Une fois sur place, je remplis le caddie, avec en plus quelques friandises pour Juliette et de la pâtée pour le toutou. J'ai dû racheter un sac pour tout mettre. Le feuilleton de madame n'étant pas terminé, nous rangeons les courses. Étant donné l'heure je vais commencer à préparer le repas de midi. Au fur et à mesure de ma préparation, la petite tourne autour de moi. Je pense qu'elle est inquiète pour cette visite de demain matin chez sa doctoresse, ce qui me semble normal. Elle ignore le résultat de cet entretien mais surtout la suite des examens prévus, souffrant toujours de ses névralgies. Au bout d'un moment, je sens qu'il y a un problème et je lui demande de s'expliquer clairement.

« Je ne voulais pas t'en parler hier soir mais notre rendez-vous est annulé et reporté à après-demain. J'espère que ça ne te dérange pas ? »

Il est bien évident que Juliette n'a pas réfléchi. Je dois changer mon billet de train et prolonger mon séjour d'au moins quarante-huit heures, mais je n'ai pas envie de lui faire de reproches, c'est assez difficile pour elle.

Rien ne m'empêche de rester deux jours de plus, au point où j'en suis, car là aussi j'ai fait du ménage et naturellement la cuisine. La reine mère se la coule douce et je pense que, finalement, elle ne doit pas regretter ma venue. Heureusement, Juliette ne vient que le week-end et c'est une chance car j'ai appris que sa mère fréquentait de temps en temps l'hôpital psychiatrique voisin et la petite se retrouvait pratiquement seule quelques jours. Une de ses sœurs venait la voir de temps en temps, quant aux deux autres, ce n'était pas vraiment régulier. Que ce soit sa mère ou Juliette, on ne parlait jamais du père. À priori, il vivait seul dans un appartement sans jamais rendre visite. Bizarre. Mais je ne posais jamais de questions sur lui, en plus cela ne m'intéressait pas.

J'ai pris le bus seul pour descendre à la gare changer mon billet. D'abord il pleuvait, puis j'avais besoin d'un peu de solitude et malgré le mauvais temps je me suis baladé en ville, bien achalandée en commerces et assez agréable à visiter.

Le lendemain matin, nous sommes prêts pour aller chez son médecin et Juliette éprouve un peu d'appréhension, ce qui est normal. Elle sait qu'au téléphone j'ai parlé de ce que nous avions découvert et que j'avais porté plainte, mais il y avait aussi ces maux de tête lancinants qui la harcelaient de plus en plus.

Nous attendons un petit moment dans la salle d'attente et la praticienne fait d'abord entrer la petite qui reste un bon moment. Puis, elle sort et la dame me fait entrer à mon tour. Elle est assise derrière son bureau, consultant le dossier médical, puis s'adresse à moi.

« Mon cher monsieur je suis ravie de vous rencontrer car j'étais loin de soupçonner ce qu'elle subissait et dans son cas, c'est encore plus grave. »

Avant qu'elle ne continue, je lui rappelle que la présomption d'innocence est de mise et qu'à l'heure actuelle, je n'ai aucune preuve de la culpabilité de qui que ce soit. Mais que je ne regrette pas notre action car le changement est tellement positif que sa vie a totalement changé et c'est tant mieux, au moins pour l'instant.

En revanche, ses céphalées m'inquiètent beaucoup. Je vais lui faire passer un scanner, mais les délais sont longs et à priori l'examen ne pourra pas être effectué avant plusieurs semaines.

Nous échangeons encore quelques propos et je prends congé, très satisfait de cet entretien, mais soucieux du futur résultat radiologique. J'aimerais bien être plus vieux de plusieurs mois. Nous prenons congé et partons.

Sur le chemin du retour, Juliette est silencieuse et en arrivant des courses, je constate que le repas de midi n'est pas prêt. Pour une fois, je ne vais pas me prendre la tête, nous allons manger froid. Il y a des restes dans le frigo et la dame assise à sa place favorite, c'est-à-dire devant l'écran, ne bronche pas. À la bonne heure, je n'ai pas envie de discuter. À ma grande surprise, à table, Juliette me prend la main et ne la lâche plus, si bien que j'ai du mal à manger. Sa mère ne dit rien mais pour moi, ce geste n'est pas innocent. Que veut-elle dire ? Au moment du dessert, elle m'avoue qu'elle aimerait bien que je reste encore quelques jours.

« Je l'ai déjà dit plusieurs fois, j'ai prolongé de deux jours, mais là c'est impossible, car je risque d'avoir des problèmes avec l'association. À priori, la semaine prochaine, je dois faire un convoyage. Je te rappelle aussi mon atelier cartonnage dans un institut quelques heures par semaine. Tu peux comprendre que je ne suis pas libre à ma convenance. »

Je n'aurais pas dû élever la voix, car elle baisse la tête, me sourit timidement en me disant qu'elle souhaitait un retour rapide, peut-être pour Noël. Pour l'instant je n'en sais rien, mais il est fort possible que l'on me donne un séjour, étant donné que je suis seul et j'ignore dans quelle région.

La soirée fut très calme. Après avoir parcouru deux ou trois albums photos avec Juliette enfant ou jeune fille, une bonne nuit réparatrice allait me faire du bien. Le lendemain, je décide de partir seul prendre mon train. Je n'ai pas envie d'adieux sur le quai, mais au moment du départ, je m'adresse à sa mère en lui recommandant de me prévenir de suite s'il y avait quoi que ce soit. Mais je constate qu'elle n'a pas eu un mot sur les problèmes de ses filles, et j'ai aussi le sentiment que nous ne serons jamais des grands amis. J'ai du mal à comprendre sa position et son attitude, je ne peux pas croire qu'elle ne soit au courant de rien mais bon, nous verrons plus tard.

Naturellement, Juliette se jette dans mes bras, m'étreint de toutes ses forces et je finis par me demander pourquoi j'agis ainsi. Est-ce qu'à la limite l'affaire ne va pas être classée, sachant qu'il reste sa confirmation ? Et là, bien sûr, il sera hors de question de se désister. La punition serait trop dure. Mais actuellement, je dois d'abord penser à sa santé et j'ai hâte d'être à l'année prochaine.

CHAPITRE SEPT

Les jours qui suivirent furent assez pénibles. Je gamber-
geais à longueur de journée, je perdais l'appétit, dormais
peu. Curieusement, Juliette n'appelait plus et je me posais
beaucoup de questions, en espérant que son état de santé ne
s'aggravait pas. Je suppose que sa doctoresse m'aurait tenu
au courant.

J'avais besoin de me reprendre, car il vrai que ces dernières
semaines avaient été plus que chargées. Même si je pense
être assez solide moralement, tous ces événements, avec en
outre un surcroît de déplacements, avaient eu raison d'une
partie de mes capacités. Il fallait absolument que je relativise.
Pour l'instant, rien ne me permettait de dramatiser une situation difficile, mais assez stable, sans de problèmes notoires
jusqu'au jour où on sonne à ma porte pour me retrouver face
à deux gendarmes.

« Bonjour Monsieur, nos collègues nous ont retransmis les
résultats de leur perquisition chez le père de la jeune et s'ils
ont trouvé un stock important de cassettes vidéo à caractère
pornographique, selon la loi, ce n'est pas répréhensible. Il
n'y a rien d'autre qui permette de le mettre en cause dans ce
dossier, mais nous vous tiendrons au courant, sachant que de
nouveaux gendarmes spécialisés prendront le relais, y compris se déplacer pour vous interroger éventuellement. »

Bigre, tout cela devient plus que sérieux, mais j'apprécie beaucoup leur travail et je m'efforcerai de répondre au
mieux à toutes leurs sollicitations. Nous approchions de Noël
et j'avais proposé à l'association de me mettre un séjour car
un, j'étais disponible, et deux, il y avait trop de gens seuls
dans les instituts mais peu de volontaires pour les encadrer. Je

n'avais rien prévu, sauf Juliette, qui aurait souhaité ma venue pour les fêtes. Je lui avais fait comprendre que ce n'était pas possible d'autant plus que j'étais chez elle il y a peu temps et qu'il était normal que je sois avec ses camarades, qui étaient seuls pour la fin de l'année. Visiblement, tout cela ne lui avait pas trop plu, mais il fallait bien partager mon temps et elle devait le comprendre. Je lui avais toutefois fait la promesse d'un déplacement en début d'année. Timidement, elle m'avait demandé ce qui me ferait plaisir comme cadeau, ce qui me gênait un peu, mais elle était tellement contente de m'offrir quelque chose que je lui avais suggéré quelques idées. Pour elle, je n'avais aucune hésitation c'était une nouvelle montre et j'étais certain de lui faire plaisir.

Quelques jours après, j'avais refait mon sac et direction les Landes, avec un passage par Paris, pour chercher un vacancier. J'aurais mieux fait de m'abstenir. Dans le genre séjour galère, c'était le top. La boîte ne m'avait pas prévenu, il fallait faire les courses et la cuisine pour une vingtaine de personnes et en plus je ne sais pas comment le personnel avait été sélectionné. Quatre filles d'une incompétence rare, avec une en plus qui avait privilégié la fumette face au travail. Juliette appelait sans arrêt de très mauvaise humeur car, selon elle, mon absence avait gâché les fêtes.

Au bout de quatre jours, j'étais sur les genoux, si bien que j'avais consulté le médecin local qui avait diagnostiqué beaucoup de surmenage, donc retour à la maison. J'avoue que je n'étais pas fâché de repartir, mais pas tellement le choix, il était temps aussi de penser un peu à moi.

J'étais rentré la veille du premier de l'an et j'étais bien décidé à ne rien faire et me reposer, lorsque le téléphone sonne. Je reconnais la voix de Juliette un peu affolée.

« Parrain, il faut que tu viennes vite, Maman ne va pas bien et elle est partie en psychiatrie et probablement pour quelques semaines. Et comme l'institut est fermé pour les vacances, je vais être seule. Mes sœurs travaillent et ne peuvent pas s'occuper de moi. »

Visiblement c'est un appel au secours et il est inutile que je mette en avant mon arrêt de travail, c'est peine perdue. Elle ne comprendra pas et je dois la calmer très vite. Dans son état, ce n'est pas souhaitable. Aussi, quand je lui annonce que je vais m'arranger pour venir le plus vite possible, son ouf de soulagement fait trembler l'appareil. Me voilà encore parti de l'autre côté du pays, je commence à connaître le parcours !

À peine un jour et me revoilà dans le train, fatigué, mais heureux de revoir ma protégée. Car en plus, en arrivant, j'allais faire la connaissance d'une autre sœur, de son beau-frère et la petite nièce. Heureusement, dans la boutique de la gare j'avais pu acheter quelques cadeaux, histoire de ne pas arriver les mains vides, surtout pour la petite fille qui allait hériter d'une belle poupée.

À ma descente de train, ce fut comme d'habitude, des bisous à n'en plus finir. Puis, elle me présente sa famille et nous partons dans leur voiture. Arrivés chez eux, Juliette ne tient plus elle m'offre mon cadeau, timide. Elle me tend mon paquet que j'ouvre. J'aperçois une très belle chemise bleue qu'elle a dû choisir elle-même. Je la remercie vivement et je lui donne aussi mon cadeau. Elle prend son temps et défait soigneusement l'emballage, et lorsqu'elle se rend compte qu'il s'agit d'une montre, j'ai l'impression qu'elle va s'évanouir tellement l'émotion est forte. Elle l'attache de suite à son bras, l'admire de longues secondes, puis elle se jette dans mes bras. Visiblement, elle apprécie beaucoup mon présent. Je distribue le reste à sa famille, la petite allant de suite mettre la poupée dans un landau, trop mignon !

Le repas se passe dans la bonne humeur mais il se fait tard et il est l'heure de rentrer. La maison étant loin, on nous ramène.

Nous entrons, et la petite chienne me reconnaît et me fait un accueil envahissant, sautant autour de moi. Mon attention est attirée par le lit de camp qui n'est pas dans la salle à manger, mais à l'entrée de la chambre de Juliette, ce qui empêche de fermer la porte. Très intrigué, je pose la question :
« est-ce que tu peux m'expliquer pourquoi le lit est ici ? Ce n'est pas prévu comme ça, l'autre fois j'ai dormi dans la salle. »

J'aurais peut-être dû poser la question autrement. Toujours est-il qu'elle baisse la tête et je l'entends à peine murmurer.
« Lorsque maman n'est pas, là j›ai peur et cela fait plusieurs

nuits que je ne dors pas. Heureusement, la chienne reste avec moi. »

Je suis désarmé et je ne sais pas quoi répondre. Mais j'ai bien peur que si je n'accepte pas, elle soit contrariée. Je n'ai pas trop le choix, et en plus il est tard et je suis assez fatigué par mon voyage.

La nuit n'a pas été de tout repos. J'ai dû pousser mon lit contre le sien et elle ne m'a pas lâché la main de la nuit. Je ne pouvais même pas me retourner tellement elle était agitée. Au réveil, je lui poserai la question. Il n'y a pas que l'hospitalisation de sa mère, mais certainement un autre problème. Mais lequel ? Je devais mettre tout cela au clair avant de partir.

Le réveil est assez pénible pour tous les deux. Je ne suis pas au mieux de ma forme et elle a une petite mine. Le petit-déjeuner se passe dans le silence. À part la télé qu'elle a allumée et qui débite les dernières informations sur un ton plus que monocorde. Tout à coup, Juliette se lève, va dans la pièce d'à côté et revient avec un gros paquet qu'elle me tend.

« Tiens, c'est de la part de ma maman qui regrette de ne pas être là, mais elle veut te remercier de tout ce que tu fais pour moi. »

Je suis un peu surpris. Reviendrait-elle à de meilleurs sentiments et collaborer avec moi sur ma démarche ? Mystère. J'ouvre le paquet pour découvrir un pull-over blanc très chaud, bien pour l'hiver.

« Je ne pense pas revoir ta maman de suite mais tu lui diras un grand merci, c'est très gentil de sa part. »

Juliette se détend un peu, mais à mon avis, elle cache autre chose. Pour l'instant, elle ne veut rien dire d'autre malgré mes questions et je la laisse tranquille. Ce matin, nous irons faire quelques courses, et cet après-midi, une sortie en ville. Lorsqu'une idée me vient. Si on téléphonait à sa jeune sœur afin qu'elle nous rejoigne ce matin dans la galerie marchande ? Je pourrais peut-être récupérer d'autres renseignements qui seraient utiles pour la suite de l'enquête. Pour l'instant, je ne sais rien de plus, Juliette ne parle pas. Je ne me sens pas le besoin d'aller à la gendarmerie. Eux-mêmes ne m'ayant pas recontacté, je suppose qu'il n'y a pas d'éléments nouveaux.

La jeune sœur est arrivée dans le hall et nous nous installons prendre un jus de fruits. Elle est très timide mais est-ce une raison pour ne pas répondre à aucune question ? J'ai bien peur qu'elle ait reçu des consignes. Par qui ? Je n'en sais rien, et je suis assez dépité. Je mets fin rapidement à notre entretien, encore une déception de plus. Juliette n'a pas dit un mot, j'ai le sentiment qu'elle se sent prise entre deux feux, mais tout cela n'arrange pas mes affaires. Il faut que je relativise, je ne suis pas chargé de l'enquête mais tellement dans l'action, surtout témoin impuissant, je dois me calmer. Mais ce n'est pas facile.

Nous avons quelques courses qui ne craignent rien. Ni Juliette ni moi n'avons envie de rentrer, passablement déçus par l'entretien avec la sœur. Nous décidons de rester en ville, éventuellement d'acheter un sandwich si nécessaire. Nous nous dirigeons vers le petit parc et elle me tient par le bras en serrant très fort, comme si elle avait peur que je m'envole. Il y a un banc qui nous attend et je me dirige vers lui. Tout à coup, Juliette s'éloigne, va s'asseoir sur un muret proche, baisse la tête, partie complètement dans ses pensées. Je ne dis rien, mais un sentiment d'inquiétude me saisis. J'ai l'impression que quelque chose de grave va se produire au moins dans ses paroles, puis soudain elle se relève, vient vers moi et me déclare : « mon papa, c'est toi ! »

J'avais imaginé pas mal de choses, mais celle-là n'était pas prévue. Je la regarde fixement, un peu éberlué. Je ne sais pas quoi répondre, envahi par l'émotion. Je me souviens lui avoir dit une fois pour la rassurer que je la considérais presque comme ma fille adoptive, mais elle avait pris mes paroles à la lettre. Après tout, quelle importance, si cela lui faisait plaisir. Je n'y voyais pas d'inconvénient. Elle est debout devant moi et pour la première fois je remarque ses traits tirés, un air fatigué sur un visage plus que pâle, et je me demande comment j'ai pu passer outre. J'aurais dû d'abord m'inquiéter de sa santé, sachant que le scanner n'étant que le mois prochain, il était difficile pour son médecin de faire autre chose en attendant, sinon espérer que l'examen soit proche et pas retardé. J'étais impatient d'avoir le résultat. Nous étions en hiver et comme il commence à faire froid, je lui propose de rentrer. Elle s'est installée devant la télé et jusqu'au repas du soir elle n'a pas dit un mot. Pas plus à table, où elle a tenu ma main sans discontinuer.

Elle est restée calme cette nuit et je lui ai demandé de m'éloigner un peu car il fallait que je dorme absolument. Le lendemain matin, je reprends mon train. Sa sœur vient nous chercher, ce qui m'arrange. Je n'ai pas envie de prendre le bus et la petite est contente, elle va être un peu plus longtemps avec moi.

Devant la gare, je n'ai pas trop envie de prolonger les adieux mais elle tient absolument à m'accompagner dans le hall et m'étreignant presque à m'étouffer, elle m'embrasse dans un torrent de larmes, puis me quitte.

Je la regarde partir, ses longs cheveux flottent au vent et elle monte dans la voiture qui démarre aussitôt. Je regagne le quai, le train entre en gare.

CHAPITRE HUIT

Le voyage du retour est assez pénible, d'abord avec tous ces changements, surtout à Paris. Je n'arrête pas de réfléchir à tout ce qui vient de se passer. Est-ce que j'ai bien agi avec Juliette ? Depuis l'été dernier, où elle s'est livrée, elle a subi trop d'éléments perturbateurs, mais elle avait ressenti un grand soulagement en se confiant à moi. J'étais persuadé que ce moment très difficile pour elle avait été salutaire.

Jusqu'à cet instant où nous nous sommes quittés, nos liens étaient bouleversés, mais cette période intense ne devait pas masquer la réalité. La suite risquait d'être très mouvementée. D'abord, ses problèmes de santé, ensuite l'enquête, qui à mon avis n'avançait pas beaucoup, et aussi ses relations avec la famille, sa mère, son père, ses sœurs et son institut. Malgré tout, j'étais plus confiant en l'avenir. Nous étions mieux armés elle est moi pour supporter ce qui allait suivre. Pas vraiment très simple, un peu de calme serait salutaire. Je ne suis pas fâché d'être enfin arrivé et je vais d'abord à la boite aux lettres. Là, surprise. En regardant une missive, je découvre au dos qu'il s'agit du curateur de Juliette, que je ne connais pas. Je me demande bien ce qu'il me veut. J'ouvre, et en fait, il me prévient qu'il a signalé au juge des tutelles les agressions dont été victimes Juliette et sa sœur, et que ce dernier étant en parfait accord avec moi, il a également déposé plainte auprès du Tribunal concerné. Il me dit aussi qu'il trouve la petite beaucoup mieux depuis ses aveux, et aussi que depuis quelques temps, elle a un petit ami qui est dans l'institut. Elle ne m'en a pas parlé et ça ne me regarde pas, mais je prends le tout comme des bonnes nouvelles. Je ne vais plus être seul dans toutes ces démarches et j'en suis ravi. Du coup, je suis moins tendu et je vais pouvoir respirer un peu. Je ferai un courrier cette semaine en réponse au curateur et à ma prochaine visite, je prendrai un rendez-vous avec lui, de manière à réfléchir à la suite de cette affaire. Il me semble qu'il pense comme moi, la justice doit passer au cas où. Mais pour l'instant, il n'y a aucune preuve, il va falloir s'armer de beaucoup de patience, la partie n'est pas gagnée.

Je dois aussi réfléchir à la suite de ma vie professionnelle. Je commence à être fatigué par tous ces séjours, à deux ans de la retraite ce n'est pas forcément simple. Et pour la suite des événements, il me faut être disponible le plus possible. Cette triste affaire risque de durer encore très longtemps et les déplacements par la même occasion. À voir assez rapidement si mon emploi du temps le permet.

Quelques jours passèrent puis un matin, appel de la doctoresse qui me dit que le scanner a été passé et que si il y avait à priori un problème à la naissance, rien dans l'examen actuel ne laissait entrevoir un signe inquiétant. Je ne sais pas pourquoi, mais le ton qu'elle emploie pour cette conversation n'est pas naturel. Je ne suppose pas qu'elle ne dit pas la vérité, à la limite elle est soumise au secret médical et rien ne l'oblige à me donner le résultat. Je pose encore une question ou deux et je raccroche.

Au bout d'un moment, n'y tenant plus, j'appelle Juliette qui n'avait pas l'air inquiet et je n'en rajoute pas. Elle me dit qu'elle va bien, qu'elle retourne à l'institut et que sa maman sort de l'hôpital. À priori, rien de spécial. Finalement, peut-être un peu à bout de nerfs, je me fais probablement un film et que j'ai tort de m'affoler.

Deux ou trois jours se passent sans que Juliette m'appelle, mais je n'ai pas envie non plus de parler. Je récupère lentement et j'en profite pour contacter mes enfants, revoir mes amis que j'ai délaissés depuis un certain temps. Mais pas un ne me pose de questions sur mon déplacement et je n'ai pas envie d'en parler non plus.

Je suis profondément endormi lorsque le téléphone sonne et en ouvrant un œil sur mon réveil, je m'aperçois qu'il n'est que sept heures du matin. Aussitôt, je pense à la petite, mais je me rends compte que ce n'est pas elle.

C'est la voix de sa sœur chez qui j'étais lors de mon déplacement.

« Désolée de te déranger mais Juliette est décédée cette nuit, heureusement sans souffrir, d'une rupture d'anévrisme. Le SAMU arrivé très vite n'a rien pu faire je te tiendrai au courant. »

Elle raccroche sans dire un mot et j'ai bien du mal à réaliser ce qu'il se passe. Le ton est tellement froid, sec, laconique, que je me demande si je n'ai pas rêvé. Je me lève d'un bon et, en ce mois d'hiver, je constate que le jour n'est pas levé. L'évidence se pose à moi, Juliette est morte cette nuit.

Je suis abasourdi, comment j'ai pu passer à côté, ne pas voir qu'elle allait inexorablement vers un départ définitif ? Il y avait sûrement des signes sur son visage, sur elle, sur ses attitudes, je n'avais rien remarqué de tout cela.

Ce qui me chagrine le plus, c'est sa médecin. Elle savait forcément d'après le scanner qu'il se passait quelque chose de grave. Je sais bien qu'elle est soumise au secret médical, elle avait quand même compris ce que je représentais pour ma protégée. Je tourne en rond dans l'appartement, incapable de préparer un café, de regarder la télé, Comme enfermé dans un épais brouillard, j'essaie de mettre quelques idées bout à bout. Dans la matinée, je vais appeler la doctoresse et lui demander des explications plus détaillées. Et sa mère, à Juliette, elle devait bien le savoir mais est-ce que la médecin n'avait pas voulu préserver la famille et moi aussi par la même occasion ? J'en saurai plus tout à l'heure, je vais prendre ma douche. J'ai l'impression que l'eau qui ruisselle va emporter cette angoisse qui monte doucement, pourtant je ne suis pas responsable mais est-ce que le fait d'avoir découvert ce secret qu'elle gardait depuis longtemps n'aurait pas déclenché cette pathologie qui allait l'emporter ?

Je suis sous le choc et j'ai bien du mal à accepter cette mort si brutale, mais bien obligé de constater que je ne la verrai plus. En plus, il va falloir que je m'organise car bien évidemment je vais repartir pour sa sépulture et je resterai quelques jours, quitte à prendre une chambre dans un hôtel. Mais il y certaines choses que je veux mettre au clair aussi bien avec la famille que l'entourage. Je n'ai aucun droit mais je m'en moque, je ne peux pas tout tolérer et je suis bien décidé à faire le ménage. J'ai besoin de retrouver un peu de calme et de sérénité. J'appelle un ami, lui explique la situation et comme il est disponible, nous allons nous balader et déjeuner ensemble. Cette promenade sur les bords du fleuve et ce repas dans une petite guinguette m'a fait beaucoup de bien. Je n'arrête pas de lui parler de Juliette, tout ce qu'elle a enduré depuis des années et à la fin je m'aperçois que je le fatigue vraiment. Je lui demande de m'excuser mais il doit aussi comprendre mon point de vue. Je suis très attaché à ma protégée mais j'ai horreur de l'injustice. Pourquoi est-elle partie ? Elle n'avait rien fait de mal, bien au contraire. Je dois me résoudre à l'évidence, la vie est ainsi faite et il faut bien l'accepter.

Une fois rentré, j'essaie de m'intéresser à un programme mais rien n'y fait. Je tourne en boucle tout ce qui vient de se passer et je ne fais qu'aggraver cet état de choc qui m'envahit. Par chance, une voisine qui rentrait au-dessus sonne, elle a appris ce drame je ne sais pas trop comment et je lui propose de passer la soirée avec moi, ce qu'elle accepte bien volontiers et finalement je ne regrette pas, car elle a réussi à me faire parler d'autre chose. Il était temps.

Le lendemain matin, j'appelle la mère de Juliette, en premier lieu pour lui présenter mes condoléances ainsi qu'à la famille, mais aussi pour lui demander si elle peut m'accueillir pour quelques jours, car mes finances ne me permettent pas des nuits d'hôtel, d'autant plus que les frais, qui viennent s'ajouter à mon déplacement du mois dernier, vont être importants. Elle accepte bien volontiers. Je lui précise que je ne dormirai pas dans la chambre de la petite mais comme l'autre fois, dans la salle à manger, avec la petite chienne qui je n'en doute pas sera ravie et surtout ne me posera pas de questions.

Je refais ma valise avec des affaires un peu plus habillées. Je dois faire bonne figure auprès de la famille et de ses amis ou personnes de l'institut que je ne connais pas. Il faut que je songe aussi à mon billet de train, prévienne mes enfants et mes amis de mon absence, afin que personne ne s'en inquiète. Il est vrai que mon entourage est habitué à mes déplacements fréquents et à ma vie de pigeon voyageur.

Le lendemain, tout au long du trajet, je repense à tout ce que j'ai vécu avec Juliette. Je devrais dire nous, car mes collègues ont eu aussi leur part, et pour tous ces jeunes qui m'entouraient l'expérience a été traumatisante.

Beaucoup d'éléments me reviennent en mémoire, mais une parole de Juliette, que j'avais complètement oublié, ces quelques mots qui étaient les derniers que j'ai pu entendre dans sa bouche, me revient en mémoire : « parrain, je ne sais pas ce qu'il va se passer, mais je veux que tu ailles jusqu'au bout ! »

Je ne sais pas exactement ce qu'elle avait voulu dire et au départ je n'y avais guère porté attention. Mais ne voulait-elle pas aussi protéger sa jeune sœur que j'avais envie de revoir ? Car maintenant, il fallait qu'elle parle et surtout très vite. Je n'avais pas l'intention de faire de cadeaux à leur père. Je suppose que dans l'esprit de Juliette, il n'était que son géniteur et rien d'autre. Je me souviendrai longtemps lorsqu'elle m'a déclaré qu'elle me considérait comme son père. J'allais forcément le rencontrer mais dans mon esprit, tout était très clair. J'avais éliminé la présomption d'innocence et la petite, de son vivant, ne lui aurait pas pardonné ces actes odieux. J'en étais sûr.

Changement de gare, changement de train, froid sibérien dans le compartiment. Voyage du genre pénible. Je ne pense pas arriver de très bonne humeur, d'autant plus que j'ai demandé à ce qu'on vienne me chercher. Je veux aller directement au funérarium. Sa sœur, celle que je connais, m'attend sur le quai mais les retrouvailles sont glaciales. J'ai du mal à encaisser son appel pour le décès de Juliette. Je reste muet jusqu'à l'arrivée, très tendu et aussi très ému. Comment revoir la petite sur son lit de mort, elle dont la vie a été sans complaisance qui s'est terminée pour moi par une punition qu'elle n'avait pas méritée ?

Je rentre dans la pièce et elle est là, avec ses petites lunettes, comme si elle me souriait. Mais ce qui me choque, elle est maquillée outrageusement et là j'avoue je suis consterné. C'est presque indécent. Qui est le rigolo qui a pu faire une chose pareille ? C'est incroyable, mais je m'abstiens de faire une remarque, cela ne me regarde pas. Je la regarde un long moment et je me penche vers elle pour lui faire un léger baiser sur le front, c'est assez difficile mais elle mérite ce dernier geste affectueux. Je prends une chaise que j'approche. J'ai presque envie de lui parler. Sa sœur pleure doucement et je suis aussi au bord des larmes. Je ne veux pas abuser de son temps et je lui propose de partir, sachant que je reviendrai seul afin d'être tranquille. Je me lève, complètement anéanti.

Elle me laisse en ville et déposera mon sac chez sa mère. Il me reste donc un peu de temps pour aller chez un fleuriste où je commande une belle gerbe qui sera déposée au funérarium. Je fais un petit tour et je rejoins la maison, pas vraiment pressé. Mais l'idée de passer le dîner en tête à tête avec la mère des filles ne me remplit pas d'allégresse. Au contraire, elle amplifie ma mauvaise humeur. Mais il faut aussi que je rengaine mon animosité. Quelque part, elle est plus à plaindre qu'à blâmer. Mais c'est plus fort que moi, je n'accroche pas avec elle. Tout se passe à peu près bien. Le repas est simple mais bon et nous discutons de choses et d'autres. En revanche, son attitude me semble bizarre. Elle n'a pas l'air abattue par le décès de sa fille et je vais en profiter pour lui poser quelques questions. Elle me dit qu'elle ne voit plus son mari, puis elle continue. Mais la suite allait me faire bondir. J'ai pris sur moi et rengaine ma colère. Elle m'annonce :

« j'ai vu le curateur de ma fille qui est venu me voir hier et il m'a informé qu'il y avait sur le compte de Juliette cent vingt mille francs, mais qu'il fallait d'abord régler les obsèques. Je pense qu'après je pourrai partager ce qui reste avec mes filles. »

Elle jubile, étalant un grand sourire qui part d'une oreille pour rejoindre l'autre. Je trouve cela d'une indécence rare, mais je viens de m'apercevoir qu'à son poignet, elle porte la montre que j'avais offert à Juliette pour Noël. Je fais un effort d'abord pour ne pas imploser mais ensuite explose littéralement. Je la savais, cette charmante dame, malgré ses airs de ne pas y toucher, capable de beaucoup de choses mais là, c'était hors de question. J'approche ma chaise de la sienne et je la regarde bien en face de manière à ce qu'elle entende bien.

« Tu écoutes attentivement car je ne le je ne le dirai pas deux fois. La première chose, en ce qui concerne l'argent, cela ne me regarde pas. Mais ne te fais pas trop d'illusions, je pense qu'il y aura une procédure de succession et ce n'est pas mon problème. Deuxième chose, je voudrais savoir de quel droit tu as pris la montre de Juliette. Tu vas me la rendre, car je vais la remettre à son poignet pour qu'elle parte avec. C'est la sienne car il faut que tu le saches, Juliette me l'a donnée lorsque qu'elle est montée dans le train elle n'en voulait plus. C'est pour ça que pour Noël je lui ai offert une autre montre et tu ne peux pas savoir la joie que cela lui a procurée. Je suis désolé, mais je préfère qu'elle parte avec, c'est la sienne. »

Normalement, je n'avais pas à lui demander un tel geste, mais dans mon esprit j'avais l'impression de trahir la petite. Elle l'enlève et se met à pleurer et je peux le comprendre. Mais il y a tellement de souvenirs dans la chambre qu'elle n'aura que l'embarras du choix, et à priori des objets bien plus précieux. Au bout d'un moment, elle se calme et je prétexte un mal de tête pour aller me reposer. Je n'ai pas envie de passer la soirée avec elle, mais elle s'installe devant la télé, dans la salle à manger, et je n'ai pas d'autre choix que de dormir dans la chambre de sa fille. Je lui dis bonsoir. En revanche, je n'avais pas prévu que la petite chienne allait m'accompagner et, à peine la porte ouverte, elle se précipite sur le lit m'implorant du regard. J'ai envie d'être avec toi. Bon prince, je cède. Je verrai bien.

Le lendemain matin, je retrouve la dame qui a priori a digéré mes reproches. Elle ne bronche pas. Les circonstances ne sont pas favorables et moi aussi je suis un peu tendu. Demain, nous avons la sépulture et je vais essayer d'être plus agréable. Visiblement, elle a quelque chose d'important qui a du mal à sortir. Elle prend un air grave.

« Je n'ai pas pu te le dire hier soir, mais la veille de sa mort, le soir après le repas, Juliette est venue s'asseoir sur mes genoux, ce qu'elle ne faisait jamais. Elle m'a dit qu'elle te remerciait de tout ce que tu avais fait pour elle et que grâce à toi, elle avait eu six mois de bonheur. Puis elle est partie se coucher. Vers quatre heures du matin, elle étouffait et j'ai appelé le SAMU qui n'a rien pu faire. Et elle est partie doucement dans mes bras. »

Elle se remet à pleurer doucement et j'ai bien du mal moi

aussi à maîtriser ces larmes qui montent. Je me contrôle car cela ne ferait qu'ajouter à notre désarroi. Elle est comme toutes les mamans qui perdent un enfant, le vide est immense. Je lui fais part de mon désir de retourner au funérarium et de passer un moment en ville pour décompresser un peu. Elle n'a pas envie de sortir et elle doit s'occuper de la cérémonie avec ses filles.

J'espère que tout le monde saura se tenir, en particulier son père, et j'éprouve une certaine crainte. La famille présente suffira à le ramener dans le droit chemin mais sincèrement, je ne pense pas qu'il fasse d'esclandre, ce n'est pas le jour.

Le funérarium est assez loin mais je préfère marcher que de prendre le bus. J'ai besoin de retrouver un peu de calme et de sérénité et j'espère être seul dans la chambre mortuaire. Juliette est dans son cercueil qui est resté ouvert et comme je suis seul, je prends une chaise et m'approche. Il y a beaucoup de fleurs et ma gerbe a été livrée. Je la trouve très belle. Je contemple la petite assez longuement, réalisant que demain je ne la verrai plus. Puis, je me remémore tout ce que nous avons vécu et j'aurais presque envie de parler à voix haute pour lui dire, en reprenant ses paroles, que j'irai jusqu'au bout. Mon téléphone portable sonne. C'est la maman qui me demande si je pense rentrer car, avec ses filles, elle a préparé un petit lunch pour toute la famille. Demain ce ne sera pas possible. En fait, je dis oui car ça m'arrange. Je n'avais pas envie de manger en ville. En arrivant je me présente, mais à priori, tout le monde me connaît, ce qui ne m'étonne pas. Soit je suis le héros ou, au contraire, l'emmerdeur qui se mêle de ce qui ne le regarde pas, au choix du client. Tout se passe bien et il y a des gens sympas à qui je donne des précisions sur ce que j'avais découvert, mais aucun ne semble étonné. Je n'en rajoute pas. L'après-midi, je retourne en ville. J'ai un grand besoin de prendre l'air. Je laisse la dame ranger avec ses filles. Mais comme il ne fait pas très beau, je rentre de bonne heure et je regarde un peu la télé avec la dame, perdu dans mes pensées.

L'enterrement ayant lieu l'après-midi, je fais un peu la grasse matinée, escorté de la petite chienne qui vient me lé-chouiller le visage de temps en temps ravie de trouver un partenaire qui accepte quelques débordements d'affection.

À l'heure dite, nous sommes, famille et amis, regroupés dans la cour du funérarium. J'essaie de voir les personnes que je ne connais pas et là, en voyant le père de Juliette, j'ai failli tomber à la renverse. Il est tout petit avec un costume qui lui par contre est trop grand, une casquette vissée sur la tête et un mégot au coin des lèvres, l'air complètement ailleurs. Je passe à son voisin, qui me dit qu'il est le petit ami de Juliette, et le pauvre éclate en sanglots. J'essaie de le consoler comme je peux. Après encore quelques présentations et poignées de main, je me mets avec la famille et j'attends.

Au bout de quelques instants, le maître de cérémonie sort et demande quelqu'un pour la mise en bière. À ma grande surprise, personne ne se présente et cela a l'air d'énerver le monsieur. Je lui propose d'entrer pour cette formalité, lorsque le père de la petite crache son mégot, me suit et nous entrons. Une fois dans la pièce, il se met à hurler « ma fille, ma fille » et commence à se rouler sur le sol et à gesticuler dans tous les sens. Là, je n'aurais peut-être pas dû, je le saisis comme je peux, le relève, l'attrape par le revers et je le pousse dehors en ouvrant la porte brusquement. Tout le monde nous regarde sans bouger, l'air stupéfait, ne comprenant pas grand-chose à ce qu'il se passe. Je fais signe au beau-frère de venir avec moi et, une fois entré, lui explique son exploit. Passablement énervés tous les deux, nous éclatons de rire et il me révèle à voix basse qu'il n'est pas mécontent de m'avoir vu secouer ce triste sire. Au moins, il est très clair. Nous nous approchons et après un dernier regard, le responsable ferme le couvercle. Une page se tourne mais ce ne sera pas la fin de l'histoire, il y aura inévitablement une suite mais laquelle ? L'avenir le dira.

Nous regardons Juliette pour la dernière fois, mais avant de refermer le cercueil je renouvelle ma promesse, j'irai jusqu'au bout. Nous nous retirons et sortons rejoindre le groupe. Le préposé aux excentricités a l'air calmé et il vaut mieux pour lui.

Nous formons un convoi pour l'église et je suis monté dans la voiture du beau-frère, avec sa femme. Nous commençons à rouler et il me dit qu'il a des choses très importantes à révéler. Il attaque d'un ton colérique.

« Tu étais absent et c'est dommage. Une sœur est venue dans la chambre de Juliette, elle a tout fouillé, emporté ce qui l'intéressait mais elle a jeté tout un paquet de lettres entouré d'un ruban. Je suis arrivé trop tard, je n'ai rien pu faire. »

Je lui raconte l'histoire de la montre et il m'assure qu'il est de mon côté. Mais pour la sœur, débrouille- toi avec la famille. Je suis passablement excédé par tout ce remue-ménage et ça ne me regarde pas. Il a l'air un peu déçu de ma position. Je n'en démordrai pas, ce n'est pas mon problème. La discussion est close. Nous arrivons devant l'édifice religieux.

Il y a énormément de monde sur le parvis de l'église, en particulier des jeunes filles ou jeunes gens qui doivent faire partie de l'institut, car je suppose que c'était la première fois qu'un des leurs aussi jeune disparaissait brutalement. Je laisse la famille entrer et trouve une place, lorsque l'on vient me chercher. Je me retrouve au premier rang, entre la mère de Juliette et sa sœur, qui s'est approprié quelques souvenirs sans rien demander. Ce n'est pas le moment d'en parler. Le père est derrière moi, légèrement décalé, et je peux l'apercevoir. Mais à priori, il est ailleurs, se demandant probablement ce qu'il fait là.

La cérémonie est d'une tristesse incroyable et j'ai hâte que tout soit terminé. En sortant, je constate qu'il pleut. Pour le cimetière, ce n'est vraiment pas l'idéal, d'autant plus qu'il fait froid. Arrivé là-bas après ses proches, je me dirige vers le cercueil. Je pose simplement ma main sur le bois et réalise que cet instant ne signifie pas la fin d'un épisode douloureux, que je n'aurai plus que mes yeux pour pleurer et je ne suis pas prêt de revenir étant donné la distance. D'après ce que j'ai pu comprendre, c'est la maréchaussée locale qui se déplacera si besoin, mais je me demande bien quelle sera la suite.

La nuit tombe rapidement et une partie de la famille va venir prendre un café à la maison, ce qui n'était pas vraiment prévu. Je ne suis pas chez moi et suis bien obligé de suivre le mouvement.

Je n'ai plus trop envie de parler et je m'assois dans mon petit coin pour réfléchir. J'avais prévu de rester deux jours, essayer de voir le curateur et retourner au cimetière. J'ai envie demain midi d'inviter la sœur et le beau- frère pour les remercier de me véhiculer à chaque fois que je viens. Je pense que c'est la moindre des choses et ma dame de compagnie sera ravie, elle n'aura rien à faire. Je leur propose discrètement et ils acceptent avec un grand sourire en me disant de faire simple, ce qui m'arrange.

Les quelques personnes présentes prennent congé. Et après juste un bol de soupe, je pars me coucher. Je suis plus que fatigué et j'ai un grand besoin de récupérer, aussi bien physiquement que moralement.

Le lendemain matin allait être la journée des surprises. La première fut au petit déjeuner, avec madame qui m'annonce qu'elle vient d'appeler la plus jeune de ses filles, que j'avais vue avec Juliette lors de mon précédent séjour et qui était restée muette sur toute la ligne. Cette dernière accepte de me rencontrer, mais comme l'autre fois, dans un endroit neutre. Je propose la cafétéria de la grande surface. En plus, je serai sur place pour faire mes courses du repas de ce midi.

L'entrevue a été très brève. Mademoiselle ne décroche pas un mot, refusant obstinément de parler de son père ni même de Juliette, ce qui est assez décevant. Et comme j'ai horreur de perdre mon temps, je mets fin à l'entretien. J'espère que ce sera le dernier. J'ai l'impression qu'elle me mène en bateau. Elle repart avec sa mère et moi je vais acheter de quoi faire un repas correct, que mes convives vont apprécier.

Le problème allait surgir alors que je ne m'y attendais pas. Au moment du dessert, la conversation entre la belle- mère et le gendre devient assez houleuse et rapidement, on passe des paroles aigres douces aux noms d'oiseaux. Là, je commence à leur demander de mettre un peu en sourdine leurs échanges, et c'est la sonnerie de mon téléphone qui met fin à ce tintamarre. Je reconnais le numéro du curateur qui me demande si je suis libre car il voudrait me dire des choses importantes. Je lui propose de venir de suite, ce qu'il accepte. Je laisse le soin à mes équipiers de ranger et faire la vaisselle, en leur disant que je ne rentrerai pas de bonne heure, car j'aimerais retourner au cimetière. Je sors avec un grand sourire, histoire de leur remonter le moral et leur faire comprendre qu'ils règlent leurs problèmes hors de ma présence, si c'est possible.

Tout en marchant, je réfléchis. Il faudrait que je reparte demain, n'ayant plus grand chose à espérer ici. J'avais aperçu hier ce monsieur, sans avoir le temps de lui parler. Mais je suppose que s'il me fait venir, ce devrait être essentiel pour la suite. Il me fait asseoir en face de lui, de l'autre côté du bureau et il commence.

« Je ne voudrais pas sortir de mon rôle, qui était d'aider Juliette dans son quotidien, en priorité gérer son argent, puisqu'elle percevait l'allocation d'adulte handicapé. Mais comme elle était plus que raisonnable, nous avons pu mettre beaucoup d'argent de côté et je vais régler les obsèques. Le reste ira à sa famille. Mais la succession devrait être réglée assez rapidement. Elle a été très généreuse avec ses parents mais en revanche, j'étais loin de me douter ce qu'elle subissait. »

Il me donne encore quelques détails, mais sans importance, et m'assure qu'il me tiendra au courant s'il a du nouveau. Je file au cimetière me recueillir et il y a encore beaucoup de fleurs, mais il se fait tard et je préfère rentrer. En arrivant, j'ouvre doucement la porte et je constate que ma « douce » s'est endormie sur le canapé. Je me vois dans l'obligation de tousser légèrement pour la réveiller et c'est assez bruyamment qu'elle émerge. La pauvre, ces derniers jours ont été terribles et elle récupère un peu.

Je lui demande s'il reste une boisson chaude, ce qui me ferait le plus grand bien. Elle s'approche avec la tasse en s'adressant à moi et là je crains le pire.

« Je n'ai pas eu le temps de t'en parler avant, mais je possède tous les rapports du psychiatre qui suivait ma fille, car elle le rencontrait toutes les semaines par obligation. J'avais les rapports écrits de sa main qui sont rangés dans le buffet. »

Je jubile. Pour un peu, je lui sauterais au cou. J'aurais dû lui demander avant si elle possédait des documents mais en fait, les circonstances n'étaient guère propices et j'ai bien fait de m'abstenir. Elle revient et me tend la liasse. Mon petit doigt me dit que je vais découvrir quelques secrets. Je jette un œil rapidement et, effectivement, il s'agit bien du médecin de rétablissement, son tampon étant apposé sur la feuille. Comme c'est le cas de beaucoup de ses confrères, l'écriture n'est pas facile à lire et il y a pas mal de feuillets. Et comme je repars demain, je ne vais pas y passer la nuit, il va falloir que je trouve une solution. Une chose me semble curieuse : pour quelles raisons les parents sont en possession de ces rapports ? Car à peine j'ai parcouru la première page, je trouve des écrits plus que confidentiels. C'est très surprenant, il faut que je mette cela au clair. Que les pensionnaires de l'institut rencontrent le psy régulièrement, c'est normal, mais que de tels documents se retrouvent entre les mains des familles, bizarre. Car en plus, il y a des annotations dans la marge et ce n'est pas la même écriture. Je poserais bien la question à mon équipière, mais en parcourant encore quelques lignes, on évoque beaucoup les problèmes familiaux mais aussi plus personnels, particulièrement d'ordre sexuel. Mais ce qui est peut-être logique, car tout ce petit monde peut avoir aussi des envies. Je ne suis pas qualifié pour apporter une réponse. Si toutes les semaines on parle de la même manière, pour moi, il est évident que ce n'est pas tout à fait normal.

Je repose le tout. Je suis assez perplexe sur ce que je dois faire. Y passer la nuit, c'est au-dessus de mes forces. Je décide d'emporter tous les documents et de les remettre aux gendarmes qui, en principe, doivent me rencontrer prochainement. J'ai le sentiment que tout se complique et que je me suis mis dans de beaux draps. J'ai dû mettre le doigt dans un engrenage que je n'avais pas prévu, mais il faut aussi que je mesure le risque pris, sachant que je ne le fais pas pour moi mais pour les autorités compétentes. Après tout, je vais demander à la maman si elle m'autorise à embarquer toute la liasse. Je l'appelle et elle accepte ma proposition, à priori pas trop concernée. Je lui propose de signer une décharge.

Ce que je fais n'est pas très légal, mais ces documents ont trop d'importance car je ne pense pas qu'il y ait de double. Je n'ai pas envie non plus de la mettre dans l'embarras, donc je signe sans sourciller, je verrai bien pour la suite. Ce que je n'avais pas prévu, c'est que la dame éclate en sanglots. Elle s'affale dans le canapé, incapable de maîtriser ses torrents de larmes. J'attends quelques instants, puis elle me déclare :
« il faut que je te dise. J'ai fait des achats dans un grand magasin et je n'arrive plus à régler mes échéances. J'ai en plus une télé que j'ai commandée dernièrement et je comptais sur une rentrée que je n'ai pas eue. Je ne sais plus comment faire. »

Je la rassure. Qu'elle ne s'imagine pas que je vais mettre la main au porte-monnaie. Mais j'avoue ne pas être surpris outre mesure. Et comme elle ne se calme pas, je la laisse éponger ses pleurs avec le torchon à vaisselle. Elle murmure qu'elle a ce qu'on appelle des crédits à la consommation, mais que la télé c'est autre chose. Je peste contre tous ces établissements qui mettent les gens dans des situations d'endettement avec des taux d'intérêts au-delà des vingt pour cent, ce qui est intolérable. Bon, j'arrête de réfléchir car la solution devient évidente. Je dois retarder mon départ. La charmante dame arrive à articuler quelques mots.

« Je suis désolée pour toi, mais j'espère dans quelques temps avoir le remboursement par la sécurité sociale de l'enterrement pour payer mes dettes. »

Je pense qu'elle se trompe lourdement. À mon avis, c'est plus le curateur qui va recevoir la somme. Mais pour l'instant, je m'abstiens de lui en parler. Je n'ai qu'une envie, c'est dormir, et je lui dis bonsoir, la laissant sur son divan. Après tout, c'est confortable et demain sera un autre jour. Moralité, je m'éclipse en lui promettant que je ferai le nécessaire et que je retarde mon départ. Je pense qu'elle va mieux dormir.

Le lendemain, je commence par la gare, afin de changer mon billet de train, et je file directement dans le magasin où elle a commandé la télé. J'apprends qu'il y avait aussi un lecteur DVD, tant qu'à faire pourquoi pas ? Mais je dois me résoudre à l'évidence, ces gens ne changeront jamais. Devant mes arguments, c'est-à-dire ne pas être réglé, le patron annule la commande. Elle aura toujours gagné ça, mais moi ras-le-bol. Aussi, je décide de rester en ville m'offrir un petit resto. J'irai au cimetière cet après-midi. J'ignore totalement quand je reviendrai, peut-être pas avant plusieurs années. Et cela me chagrine, mais je n'aurai guère le choix. Ainsi va la vie, attendons la suite.

CHAPITRE NEUF

Après cet épisode douloureux et toutes ces péripéties qui avaient entouré mon déplacement, ces quelques jours m'avaient mis complètement à plat. À vrai dire, je n'étais pas fâché d'être rentré, soucieux malgré tout des événements à venir. À priori, je n'avais plus rien à faire dans la ville où repose Juliette. Normalement, les enquêteurs viendraient me voir.

J'ai eu beaucoup de chance de récupérer les écrits du psy et j'allais les parcourir avant de les remettre aux autorités compétentes, sans faire de photocopies. En revanche, au cours de mes lectures, je n'avais pas remarqué deux feuilles qui émanaient d'une assistante sociale locale. En les parcourant, je constate que ce rapport avait été rédigé il y a quelques années, mais au fur et à mesure, je suis horrifié. C'est édifiant. Ce qu'ont vécu les cinq filles pendant leur jeunesse est catastrophique. Père et mère alcooliques, familles d'accueil pour elles, avec visites aux parents de temps en temps. J'arrête. Je suis scandalisé, mais à mon avis cela laisse des traces, surtout pour Juliette qui était quand même considérée comme handicapée. Je me demande pourquoi elle avait réintégré le domicile familial. Je commence à comprendre les séjours de sa mère en psychiatrie, elle devait savoir beaucoup de choses mais refusait d'en parler. Ne voulait-elle pas protéger son mari ou tout au moins fermer les yeux sur ses agissements ?

Si les trois aînées s'en étaient bien sorties, pour les deux dernières, elles avaient payé la note. Ce n'est plus possible. Je referme le tout, je n'ai plus envie de lire ce dossier qui me heurte. Si nous n'avions pas découvert la vérité, Juliette serait partie avec son secret, ses agresseurs tranquilles. Mais encore une fois, je dois privilégier la présomption d'innocence, à laquelle je ne crois pas dans le cas présent, mais bon, bien obligé de faire avec. En revanche, j'ai quelques doutes sur la sincérité de certaines personnes. Malgré tout, le lendemain, j'amène le dossier à la gendarmerie. Je suis fatigué mais je dois aussi songer à la suite qui risque d'être mouvementée. Et la nuit suivante, il allait se produire un fait qui, tout compte fait, ne m'a guère surpris.

Je suis plongé dans un profond sommeil, que j'espérais réparateur, lorsque mon téléphone sonne à une heure du matin. Je pense aussitôt à un problème avec les enfants ou un de mes amis, mais je reconnais la voix de mon interlocuteur. C'est le beau-frère de Juliette. Et au ton qu'il emploie, je devine que ce n'est pas pour me féliciter. Il a un tel débit de paroles que je lui demande de se calmer un peu, ce qui a le don de l'irriter encore plus. Je le préviens gentiment, s'il continue, je raccroche, surtout à l'heure qu'il est. À mon avis, sa montre ne marche plus. Il enchaîne.

« J'ai le regret de te dire qu'à partir d'aujourd'hui, nous allons cesser, ainsi que toute la famille, de communiquer avec toi car nous considérons que tu t'occupes un peu trop de nos affaires. En plus, tu disposes de documents strictement confidentiels et je voudrais bien les récupérer le plus vite possible. Nous en avons absolument besoin. »

N'étant pas encore tout à fait réveillé, j'ai un peu de mal à enregistrer ce qu'il vient de me dire. Mais ce type a bien retourné sa veste et il commence sérieusement à m'indisposer. Je lui réponds sèchement.

« Ouvre grand tes oreilles car je vais te dire plusieurs choses. Pour commencer, il faudrait apprendre la correction. Sauf urgence, et ce n'est pas le cas, on n'appelle pas les gens à une telle heure de la nuit. La deuxième chose, rompre nos relations ne me gêne pas. Tu sais ce que je pense de la famille et que cela te plaise ou non les documents seront remis à la gendarmerie. Vous pourrez toujours porter plainte contre moi, mais il y a une chose : pour Juliette, je ne regrette rien. Mais en ce qui te concerne toi et ta famille, je n'aurai aucun sentiment. Je me doute un peu de ce qui t'amène. Ta belle-mère a dû te parler de ce qui restait sur le compte. Vous espérez bien partager une jolie somme et là, je m'en moque éperdument, ça ne me concerne pas. J'espérais un peu plus de reconnaissance de votre part, mais ce n'est pas grave, tout le monde ne peut pas être intelligent. »

Je raccroche très énervé par cet énergumène qui commençait vraiment à me fatiguer. Mais pourquoi à une telle heure de la nuit ? Je m'étais imaginé pouvoir compter sur lui, je me suis lourdement trompé et je suis très déçu par ce personnage. Mais la chose la plus importante, j'étais débarrassé de ces individus et allais pouvoir agir beaucoup plus librement. Ce qui est certain, c'est qu'il n'y aura pas de mansuétude de ma part. La guerre est déclarée et, en ce qui me concerne, elle sera sans trêve. Je n'aime pas trop que l'on me traite de cette manière. J'arrive quand même à me rendormir et c'est très bien. Je dois récupérer rapidement.

Les semaines qui allaient suivre s'écoulent trop lentement à mon goût. Je me remets doucement de toutes ces émotions, mais je suis déçu de ne pas avoir de nouvelles non plus des autorités. Je vais de temps en temps à la brigade locale, mais je me rends vite compte que je commence à les fatiguer et je n'insiste pas. J'attendrai les résultats de l'enquête.

La journée, je ne m'ennuie pas trop car je mets en place mon activité commerciale qui prend tournure. Grâce à mes amis et mes connaissances j'ai réalisé quelques belles commandes et c'est très encourageant. En revanche, le soir, ce n'est pas la même chose. Je n'arrive pas à me concentrer sur un livre ou un film à la télé. Je tourne en boucle tous ces événements et quand j'ai fini d'un côté, je repars de l'autre. En premier lieu, j'ai du mal à accepter le départ de Juliette, surtout si brutal, mais ne rien savoir sur tout ce qui a gravité autour d'elle plus en mal qu'en bien, ce n'est pas acceptable. Il va falloir s'y résoudre, je n'ai pas le choix. Mais ce qui me rend hors de moi, c'est que les actes qu'elle a subis peuvent se perpétuer sur d'autres personnes et c'est intolérable. J'en discute bien sûr avec mes proches, mais à chaque fois, c'est le même refrain et j'ai bien des difficultés à l'entendre. La présomption d'innocence existe, c'est d'accord, mais je ne pourrai jamais croire que la petite a menti, c'est impossible, pas elle. Je m'y refuse catégoriquement et j'aimerais bien que l'on me prouve le contraire.

La colère monte en moi et c'est inquiétant. Je ne dois pas sombrer sinon gare, la catastrophe peut arriver très vite.

Au cours d'une matinée, alors que je n'espère plus rien, le téléphone sonne. Je reconnais aussitôt la voix de mon interlocuteur. Et avant que j'ai pu prononcer une parole, il attaque.

« Bonjour mon cher monsieur, je ne sais pas si votre initiative de dénoncer ces actes d'agression sexuelle sont les bienvenus. En ce qui me concerne, la note est très lourde car je suis muté dans une brigade du nord, sans aucune explication. Mais j'en déduis que c'est à la suite de cette affaire. »

Je lui coupe la parole. Je suis complètement abasourdi par cette décision et je lui en fais part sèchement.

« Je suis désolé pour vous, et en aucun cas je ne me sens responsable, bien au contraire. Si je n'avais pas révélé ces faits, je n'étais pas digne de mon poste de responsable. Notre métier n'est pas des plus facile, mais à ma connaissance, il n'y a jamais eu de cas similaire dans notre association et si j'ai porté plainte contre leur gré, je ne regrette rien. Personne ne me reprochera mon devoir de citoyen. »

Visiblement, mes paroles le désarçonnent un peu car il change de ton et s'excuse. Je comprends sa réaction. Avec mon père gendarme, nous avons vécu des situations semblables et à l'âge de treize ans, j'avais connu la Tunisie, l'Algérie, la France et l'Allemagne et à chaque fois, dans plusieurs villes. Le métier veut ça, et il n'était peut-être pas au bout de ses déplacements. C'est une profession où l'on bouge.

Je suis sidéré par cette décision de justice où forcément il y a eu en coulisse l'intervention d'un haut placé, et pour cause. Mais ce n'est plus le moment de gamberger, il en est ainsi. Je ne pense pas que ce soit au niveau du père, mais probablement au-dessus pour protéger certains notables. Je ne saurai jamais la vérité et les coupables s'en tirent à bon compte. Je suis bien obligé d'accepter cette décision, et même si je le pouvais, je n'irais pas plus loin. Il faut impérativement tourner la page et si ce genre d'actes continue, je ne resterai pas indifférent. Les prédateurs ont pignon sur rue, toujours sans souci pour beaucoup, mais la politique de l'autruche existe chez nos responsables et c'est bien dommage.

Il me faudra beaucoup de temps pour encaisser l'incroyable dénouement de cette affaire et quelques jours plus tard, je reçois un courrier du curateur qui me précise que le livret a été partagé dans la famille et qu'il espérait qu'une certaine somme soit réservée pour une pierre tombale, mais rien n'a été prévu. Le brave homme, il doit-être comme moi sur le fond de sa pensée. Les puissants auront toujours gain de cause et toi, petit, il te reste tes yeux pour pleurer. Ce n'est pas nouveau et pas prêt de s'éteindre, comme mes larmes de rage qui couleront encore longtemps. Je n'aime pas l'injustice, mais suis bien obligé de faire avec. Ce n'est pas toujours évident.

CHAPITRE DIX

Ce chapitre sera le dernier. J'aurais pu aussi écrire conclusion, épilogue, voire un autre terme.

En fait, j'ai envie de vous raconter la suite, ce que j'ai entrepris afin de concrétiser la requête de Juliette qui m'avait fait promettre d'agir pour tout ce petit monde du handicap, il faut bien le dire, un peu dans la tourmente. Je parlerai de ce que j'ai vécu et ce que je vis encore. Il faut bien comprendre, et c'est mon point de vue, je le répète souvent, que le hasard n'existe pas. Il valait mieux que ce soit moi plutôt qu'une jeune directrice ou jeune directeur pas forcément armé qui ait eu à faire face à cet événement imprévu.

La suite, elle est simple à comprendre. J'ai vraiment un sentiment d'échec mais aussi d'incompréhension. Les séquelles sont lourdes. J'avais confiance dans la justice de mon pays. Vingt ans après, non seulement j'ai un sérieux doute, mais tout de même un espoir. De nombreux cas d'agressions sexuelles sont révélés au grand jour, mais aujourd'hui, j'attends comme tout le monde la suite. Que tu sois petit ou grand, si sanction il y a, elle ne sera pas la même, et c'est intolérable. On n'a pas fini d'en parler et j'ai peur que, comme Juliette, beaucoup d'affaires de ce type soient classées sans suite, et c'est plus que regrettable pour les victimes. Espérons qu'un jour on remettra un peu d'ordre. Je n'y crois guère, mais on ne sait jamais, la vérité fini toujours par triompher. Mais à quel prix ?

J'arrête les états d'âme, mais chère lectrice ou lecteur, j'ai besoin de le dire : la photo de la petite est sur mon bureau et sa montre devant. Et bien malin celui ou celle qui n'évoque pas le passé, on est obligé d'y penser. Mais à quoi bon remuer ce drame ? Ça ne changera rien. En revanche, c'est étrange, et on risque de me prendre pour un farfelu, je perds souvent mes affaires, clés, porte-monnaie et bien d'autres choses. Je regarde ma protégée et quelques instants après, je retrouve l'objet en question, souvent dans des endroits impossibles. C'est curieux et bizarre, il va peut-être falloir que je consulte un psy. Ou c'est le poids des ans, pas impossible non plus. Affaire à suivre....

Je reviens donc sur ma promesse. Je n'avais pas trop envie de persister dans ces séjours vacances qui avaient laissé beaucoup de traces et d'amertume. Ma compagne à l'époque faisait de la randonnée et elle m'avait persuadé de marcher avec elle, histoire de préserver ma santé. Au cours de l'une d'elle, j'ai rencontré une dame, et en discutant, je lui avais fait part de mon désir associatif. Elle avait une amie pas très loin de chez moi qui avait un fils autiste, en réalité Asperger, mais quand même en fac de Droit. En revanche, par moments, il explosait et était très difficile à supporter.

Nous avons démarré l'association. J'en étais le trésorier, puis un jour tout a volé en éclats. Les deux filles sont parties dans une autre direction qui n'était pas la mienne. Et j'ai laissé tomber. Peu de temps après, à la télé, je vois ce film tourné par une actrice célèbre sur sa sœur victime de cette pathologie et pour moi, c'est le déclic : je dois créer un centre d'accueil pour ce public. Je me renseigne de tous les côtés et proche de chez moi, je trouve un centre équestre dans un manoir ou un château en très bon état, avec des locaux encore disponibles. Je vais voir le propriétaire, lui explique le projet, mais il ne peut pas donner de réponse dans l'immédiat. Il me recontactera dès que possible. Ne me sentant pas armé, ayant besoin de connaissances et aussi d'aide, j'ai eu par un ami les coordonnées de cette actrice formidable. Je lui ai expliqué mon projet et elle m'a invité à passer quelques jours dans la petite ville où se trouvent plusieurs sites adaptés pour les personnes en situation de handicap d'origines diverses. C'est vraiment très gentil de sa part et en plus elle me joint une photo dédicacée qui est toujours au-dessus de mon bureau. Je l'ai appris sur place, elle avait un partenaire dans son association, un ancien rugbyman de l'équipe de France dont je ne sais plus le nom, je crois d'origine marocaine, un garçon à priori très compétent et sympathique. Je passe quelques jours là-bas en immersion totale où je récupère plein de conseils et regagne mon domicile gonflé à bloc.

Peu de temps après mon retour, appel téléphonique. Douche glacée. Le propriétaire a changé d'idée et pour le centre d'accueil, c'est non. J'encaisse, mais je n'ai pas dit mon dernier mot.

L'âge est là, j'ai la possibilité de prendre ma retraite. Je déménage chez ma nouvelle compagne. Je laisse tomber l'autisme, tout au moins pour l'instant, car je repars dans mon passe-temps favori, la musique. Je monte un groupe d'harmonicistes. Nous allons jouer dans les hôpitaux, maisons de retraite, fêtes diverses et je rencontre un musicien, roi de l'harmonica. Nous organisons des stages qui ont très bien fonctionné, nous avons même eu un candidat qui s'est déplacé du Maroc, sympa ! Un jour, je lui parle de mon ancien métier et de mon idée de créer une méthode d'enseignement pour déficients intellectuels. Ce que nous n'avions pas trop prévu, ce qui restera l'éternel problème, c'est l'aspect financier. Il y avait trop d'investissement et peu d'engouement en général pour arriver à une méthode concrète et tout a capoté. J'en ai toujours une partie restée dans mes tiroirs, probablement pour longtemps. Dommage pour eux.

Quelques jours plus tard, j'apprends que dans notre petite ville existe un ancien ensemble immobilier qui était consacré à l'enseignement agricole et qui est maintenant vide. Je me renseigne un peu, d'abord chez les élus locaux, et j'obtiens un rendez-vous pour visiter les lieux. Mes amis, c'est le Pérou : grande entrée, bâtiment administratif, une grande esplanade, un terrain de sport, un ensemble immobilier avec vingt-neuf chambres, grande cuisine, dépendances, salle de réunion, je crois rêver. Le tout pratiquement au centre-ville et très accessible. C'est une association qui détient ce petit bijou et la personne qui me fait visiter qui est aussi conseiller municipal me propose, pour nous aider, de nous faire une location-vente sur vingt ans. J'ai envie de lui sauter au cou, mais il calme très vite mon ardeur. Il y a beaucoup de travaux, en particulier l'accès pour les personnes en situation de handicap et il me conseille de contacter l'Agence Régionale de Santé. En quelques jours, j'établis un premier dossier et je téléphone pour rencontrer les responsables. Je n'ai pas eu à me déplacer, car la charmante dame m'a fait comprendre que ma demande était très intéressante, mais qu'en raison du budget dont elle disposait, ce n'était pas la peine de continuer, ou alors trouver des fonds autrement. Je suis très déçu mais pas surpris. J'ai peut-être vu trop grand. Il faut se mettre aussi à la place des parents qui étaient au courant du projet et qui espéraient une solution. Un jour ou l'autre on finira bien par la trouver.

J'ai pu me rattraper un peu car je vais régulièrement à Tunis, ma ville natale, et grâce à une relation, j'ai pu verser des fonds personnels à un institut pour personnes en situation de handicap. Rien d'officiel mais à titre privé, à priori, il a été réalisé la réfection d'un local et cela me réconforte.

Cher ami lecteur, je raconte toutes ces activités. Juliette n'a pas pu en être témoin. Vous vous souvenez, elle m'avait fait faire la promesse d'intervenir pour ses amis en difficulté. Je ne suis pas resté les bras croisés, hélas sans vraiment de réussite. Il me reste un peu de temps, j'espère concrétiser certains projets, tout ce petit monde le mérite. Mais il faut aussi qu'en haut lieu, on comprenne que toutes ces associations qui apportent aide et soutien ne feront pas de miracles. Elles ont besoin de plus. Les personnes en situation de handicap ont toute leur place dans notre société, mais il faut prévoir l'avenir pour eux. La tâche est immense, mais ô combien exaltante. Bon courage à tous.

FIN

NOTE : je me permets d'ajouter cette chanson, que j'avais écrit pour elle. J'ai simplement composé le dernier couplet dernièrement. Pour les musiciens, c'est une ballade sur trois accords majeurs. Du très simple, mais rempli d'affection.

« Balade pour un ange »

REFRAIN

Tu es partie pour un voyage
Celui dont on ne revient plus,
À travers les nuages
Vers mille lieux inconnus,
Toi qui était si sage
Avec ton sourire ingénu,
Là-haut tu vas faire des ravages
Même les anges n'en pourront plus.

PREMIER COUPLET

Un matin froid de l'hiver
Le téléphone a sonné,
On m'a dit aies du courage
La petite s'en est allée,
Alors j'ai vu son visage
Sur le mur se dessiner,
Et sa voix dire au passage
Nous aurons l'éternité.

DEUXIEME COUPLET

Tu étais triste et pâle
Dans ton silence apeuré
Ils n'avaient pas de morale
Encore moins de pitié,
De ta dure vie sur terre
Cette souffrance qui te hantait,
T'avais conduite droit en enfer
Trop lourd fardeau à porter.

TROISIEME COUPLET

Tu es toujours restée dans l'ombre
Cachée entre rires et pleurs,
Et aujourd'hui sur ta tombe
Je viens poser ces quelques fleurs,
Peut-être loin dans une étoile
Trouveras-tu le bonheur,
De cette rose tombe un pétale
Que je garde sur mon cœur.

QUATRIEME COUPLET

Puis les mois les années passent,
Chaque jour on apprend,
Que ces prédateurs, ces rapaces
Continuent tranquillement,
Qu'ils ne croient surtout pas
Que ça va durer longtemps,
Un jour la justice tranchera
Qu'elle fasse vite on attend.

Paroles et musique Bernard GERNOUX, chanson composée en 2008 pour la première version et 2022 version définitive, guitare tonalité en DM (ré majeur). Pour valoir ce que de droit.

Édition : BoD – Books on Demand, info@bod.fr
Impression : BoD – Books on Demand, In de Tarpen
42, Norderstedt (Allemagne)

Impression à la demande
ISBN : 978-2-3224-5331-3
Dépôt légal : Avril 2023